U0507216

雪上苗乡

YUN SHANG
MIAOXIANG

贺恒扬 ——— 主编

重庆出版集团
重庆出版社

图书在版编目(CIP)数据

云上苗乡/贺恒扬主编. —重庆:重庆出版社,2021.6
ISBN 978-7-229-15842-2

Ⅰ.①云… Ⅱ.①贺… Ⅲ.①文艺—作品综合集—中
国—当代 Ⅳ.①I217.1

中国版本图书馆CIP数据核字(2021)第099882号

云上苗乡

YUN SHANG MIAOXIANG

贺恒扬　主编

书名题字:张家益
责任编辑:徐　飞　彭　景
责任校对:何建云
装帧设计:刘沂鑫

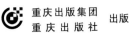 　重庆出版集团
　　　　　　　重庆出版社 出版

重庆市南岸区南滨路162号1幢　邮政编码:400061　http://www.cqph.com
重庆出版社艺术设计有限公司制版
重庆奥博印务有限公司印刷
重庆出版集团图书发行有限公司发行
E-MAIL:fxchu@cqph.com　邮购电话:023-61520646
全国新华书店经销

开本:787mm×1092mm　1/16　印张:16.25　字数:210千
2021年6月第1版　2021年6月第1次印刷
ISBN 978-7-229-15842-2
定价:78.00元

如有印装质量问题,请向本集团图书发行有限公司调换:023-61520678

版权所有　侵权必究

主 编

贺恒扬

编 委

杨洪梅	钟　勇	梁　田	刘艳红	李建超
刘　晴	陆　军	高松林	杨　平	陈祖德
潘祥均	王　勇	王鸣隆	田　渝	程晋意
王明凯	傅天琳	刘建春	郑劲松	吴　沛

◆ 云上苗乡入画来 （张清善/摄）

◆ 天池苗家欢迎您 （江泳/摄）

◆ 苗乡晨韵 （李莉/摄）

◆ 湖天一色 （黄跃进/摄）

◆ 开春 （李莉/摄）

◆ 童趣 （颜学伟/摄）

◆ 四川二路红军游击队后坪坝战斗遗址 （王桃/摄）

◆ 高山风情场镇 （熊力/摄）

◆ 春韵 （潘光侠/摄）

◆ 凉夏 （张华/摄）

◆ 金秋 （潘光侠/摄）

◆ 月上苗岭 （刘丽佳/摄）

◆ 月上苗岭 （张华/摄）

◆ 春到苗寨学童乐 （傅念/摄）

◆ 五星红旗映童心 （江泳/摄）

幸福苗乡

◆ 幸福苗乡 （朱睿/书）

◆ 人间瑶池 （李立峰/摄）

◆ 后坪画卷 （熊力/摄）

序
x u

2021年2月25日,习近平总书记在全国脱贫攻坚总结表彰大会上庄严宣告:"我国脱贫攻坚战取得了全面胜利,现行标准下9899万农村贫困人口全部脱贫,832个贫困县全部摘帽,12.8万个贫困村全部出列……"

重庆市人民检察院定点帮扶点、重庆市18个深度贫困乡镇之一的重庆市武隆区后坪苗族土家族乡文凤村就在总书记宣告的这12.8万个贫困村之中。

四年前,这里的贫困率高达21.8%,是"困中之困""坚中之坚"。乡亲们都说,文凤村是一个说起不想去、走了不想来的"山旮旯"。

2017年7月,根据重庆市委政法委扶贫集团的部署,重庆市人民检察院汇聚一分院、三分院、五分院和武隆区检察院力量,落实"精准扶贫、精准脱贫"要求,充分发挥检察职能优势,全面助力文凤村打赢脱贫攻坚战。

——强化党建引领:选派驻乡队长、驻村第一书记、驻村骨干3名同志,筹集资金500万元新建2000余平方米的便民服务中心,挂牌全市检察机关党员教育实践基地,600余名党员干警分批开展脱贫攻坚主题党建活动,党组班子成员发挥头雁效应,带头蹲点调研走访,帮助解决实际问题。

——细化产业发展:助力发展乡村旅游,推进农村"三变"改革,47户寨民成功打造民宿、餐饮业态,实现"资源变资产、资金变股金、农民变股东"。支持村集体经济发展,筹集产业帮扶启动资金,推进高山土鸡养殖、老茶山改造、中华蜂养殖等项目。协调解决资金82.5万元,帮助升级改造村道4.5公里。建起"苗王寨一品乐"电商馆,加大"消费扶贫"力度,组织采购农副土特产品300余万元。

——深化法治建设:围绕民主法治示范村建设,设立"法治办公室""'莎姐'青少年维权岗""农民工维权岗";推进公益诉讼,保护山水林田湖;打造"流动检察工作站"、"'莎姐'工作站"、法治广场、法治院坝,助力自治、法治、德治"三治"融合。

——优化教育扶贫:选派法治副校长,推进"莎姐"大普法,开展校园普法200余次,帮助留守儿童60余人次。开展"送温暖、献爱心"活动,发放助学金22万元,对家庭困难的33名大学生、研究生给予爱心资助。

——升华文旅融合:助力挖掘红色历史文化、绿色生态文化、政法扶贫文化,推动新时代文明实践;邀请知名文艺工作者到文凤村采风创作,宣传推介"云上苗寨、幸福后坪",帮助培育打造文旅品牌。自2019年9月开寨以来,天池苗寨接待游客5万余人,旅游收入突破700万元。

三年多时间,文凤村从深度贫困的苗乡变成了小康示范村寨。7户立档建卡户如期实现脱贫,"两不愁""三保障"问题彻底解决。文凤村喜获全国乡村旅游重点村、全国红色村组织振兴试点、重庆市十大"文旅新地标"等殊荣,天池苗寨被国务院扶贫办确定为首批全国脱贫攻坚考察点。乡亲们感叹,如今的文凤村已经是一个来了不想走、走了还想来的"云上苗乡"。

《云上苗乡》一书凝结着文艺家们的智慧与汗水,40多位作家、诗人、书法家、摄影家用脚步丈量青山,用镜头记录民生,用笔触讴歌时代,为文凤村注入了文化力量,像一束光照亮了乡亲们的文化生活。本书共收录纪实作品、诗歌30篇,摄影、书法作品150幅,扶贫心语100句,以此记录脱贫攻坚路上原汁原味的故事、刻骨铭心的感动、催人奋进的精神,也从侧面记录重庆政法人、重庆检察人服务脱贫攻坚的心声和行动。同时,用这样的方式,宣传武隆推介文风,并期待着她在乡村振兴中铿锵前行。

凡是过往,皆为序章。2021年,按照重庆市委的统一部署,我们已加入到重庆市人大常委会办公厅乡村振兴帮扶集团,由参与帮扶武隆区脱贫攻坚主阵地转向服务丰都县乡村振兴主战场。"脱贫摘帽不是终点,而是新生活、新奋斗的起点。"我们将继续发扬"上下同心、尽锐出战、精准务实、开拓创新、攻坚克难、不负人民"的脱贫攻坚精神,像服务脱贫攻坚一样服务乡村振兴,围绕巩固脱贫攻坚成果有效衔接乡村振兴,以检察履职接续奋斗,助力农业高质高效、乡村宜居宜业、农民富裕富足,为谱写新时代乡村振兴新篇章贡献力量。

值此党的百年华诞,谨以此书向中国共产党成立100周年献礼,并向脱贫攻坚和接续乡村振兴的一线奋斗者致敬!

贺恒扬

2021年5月10日

目 录
m u l u

诗歌

附录

后记

纪实
jishi

三上苗乡

贺恒扬

曾经的文凤村，是一个谁都不愿去、去了再也不想去的山旮旯；现在的文凤村，变成了一个去了不想走、走了还想再去的美丽苗乡。

——题记

一

苗乡的天是蓝的，苗乡的日子是甜的。一丝丝白云从苗王山巅飘过，化作一丝丝彩云，万马奔腾般地飘过苗寨的上空，文凤村就坐落在这片彩云之间……

在小学课本里，苗乡、苗寨，充满了浓郁民俗风情，曾是令我非常好奇的地方。后来的日子里，苗家的香甜米酒、盛装少女、古韵山寨，都曾给我留下美好的印象。

然而，2018年春节刚过，当我颠簸六个小时，踏着皑皑白雪，踩着一路泥泞来到一个真正的苗乡时，我震惊了。

这是我第一次来到我们的定点帮扶点——武隆区后坪乡文凤村。它位于重庆市武隆区东北角，与彭水、丰都两县交界，武隆仙女山就在它的背后，再驱车300多公里即可到达湖南张家界。

去之前，我心中充满着期待——一个边界中的边界，是否如沈从文先生在《边城》里描写的那样——虽远，却是一个让人心动的地方。在我的想象中，这里应该是满眼青翠，绿水环抱，山花烂漫。然而，想象中的那些场景与眼前的一切反差极大：走进后坪，一条土街破旧不堪，路坑坑洼洼，街道后面的山上，光秃秃的，甚至连杂草都没有丛生，街上没有行人，只看见一个杂货店。拐角处墙上挂着"中共后坪乡文凤村支部委员会"的牌子。我们选派的驻村第一书记邱靖杰就在那个冰冷的屋子里办

◆ 雪中情 （江泳/摄）

◆ 蜿蜒路 （范光富/摄）

公,我们一下车,叫上他一起先走访几个农户家。

一股刺鼻难闻的味道从黑屋里传出,一位苗家老人呆呆地坐在屋里,我们连忙主动寒暄。我送上慰问金他却没有任何反应。后才听说是因为外出务工受了伤,失去了劳动能力。出了他家门,又沿着小山坡到了另一位老人的家,老人热情地迎我进去,呈现在眼前的是一间四处透风的破旧的小木屋。环顾四周,几乎找不到像样的家当,最值钱的家具就是那台乡上不久前送来的电视机了,可谓家徒四壁。看着老人的脸,再瞧着他空空如也的家,我心里很不是滋味,连忙说:"老人家,我来看看您!"当我双手送上慰问金时,他激动地说:"是不是习主席让送的哦?"我回答:"是的! 是的!"老人家热泪盈眶,颤抖着双手接过了红包。

驱车到了村卫生室,一位老人躺在那里,我关心地问他什么病,他说是严重的风湿病,常年不能走路,不能劳动,也没有收入,成了家里的闲人。

转身到了建卡贫困户何祖华的家里,情况更糟,一家四口,妻子因家里太穷过不下去,丢下丈夫和三个孩子远走他乡,从此杳无音讯。三个孩子还没长大成人,何祖华因照顾孩子不能外出打工,全家没有收入,成了特困户。乡党委书记和村干部介绍了一些村里的情况。我简单统计了一下,2014年建卡贫困户是72户289人,贫困发生率21.8%,属市级贫困村。2017年文凤村仍有类似的贫困户30户56人,残疾人29人,五保户11人。虽然贫困发生率在下降,但仍没有达到脱贫目标。

回来的路上,我几乎没怎么说话。满脑子里都在想贫困户家里的场景,乡亲们太苦了,我们不能让他们再这样苦下去,扶贫之路并非那么简单,尤其是在武隆后坪这种深度贫困地区,一定要把精准扶贫的要求落实好,想些办法让他们的日子尽快好起来。

二

翌年秋天的开学季,第二次到文凤村。我特地通知了五个分院检察长一起,让他们也实地感受一下。

这一次,上山的路加宽了,也平整多了,泥泞的土路变成了水泥路,虽然经过了几处正在抢修的塌方路段,但车程还是整整缩短了一个小时。沿途我听说几户建卡贫困户都有了托底:何祖华的孩子开始住读了,他一边顾着家,一边参加公益性劳动,有时还打零工;罗正琼身体原来不太好,但养了百多只鸡后反而精神多了;张辉珍老人申请了易地扶贫搬迁,很快就要搬到场镇上居住……我们帮扶的中华蜂养殖、土鸡养殖等项目也按计划一一落实。

这一次,我们为文凤村新建便民(游客接待、公共文化)服务中心捐赠了自筹的500万元资金,想把文凤村党员群众的"阵地"建起来。第二天,我又为12个新考上大学的困难家庭发放了助学金,家长们一个个感激不已。我知道,农村学生考上大学非常不容易,即使考上了,学费也是个大问题。这一点，我深有体会：当年为到县城参加升学体检，连五角钱的公交车费都没有。所以，再穷不能穷教育，教育扶贫是最根本的扶贫，一个家庭光靠孩子外出打工挣钱，永远解决不了根本问题，一家人只要走出一个大学生，离脱贫就不远了。所以，这一次上山，我特意安排给考上大学的孩子们送点路费，补贴点生活费。为了加强帮扶，我们还增加了扶贫干部，选派一分院二级巡视员刘千武，接过了市委政法委扶贫集团驻乡工作队队长的接力棒，"全市检察机关党员教育实践基地""法治扶贫工作室"的牌子也挂上了，其目的就是汇聚检察力量，精准助力村里的脱贫攻坚。

这一次，我们明显感到乡里有朝气、有活力、有生机了。便民（游客接待、公共文化）服务中心已开工两月余，繁忙的施工现场架起了乡亲们从没有见过的塔吊，一间间精品民宿被全新打造出来，乡亲们围着我，拉着我的手，抢着说，我们的天池苗寨马上就要开寨迎客咯！于是，我召集大家在文凤村党支部活动室，一起学习了习近平总书记视察重庆重要讲话精神，我专门把"两不愁""三保障"的内容给大家细说了一番，强调要把总书记关于扶贫工作的论述学好用好、把扶贫任务抓紧抓实、把扶贫实事做深做实、把

◆　新阵地　（张培森/摄）

扶贫精神落地落细、把扶贫资金用好管好。乡亲们直点头,村支部书记赵俊告诉我,字字句句都说到了他们的心坎上。

这一次,我心里有数多了,心情也好多了,晚上我和几位分院检察长一起,还有邱书记和党办扶贫的同志,去那条土街上来回走了好几趟,尽管已有些凉意,但心里却热乎乎的。

<h1 style="text-align:center">三</h1>

时隔不到一年,我在国庆放假后,再次踏上去苗乡的路。

这一次,可以说是震撼。

村头已经有了旅游线路,我们在寨子门口就下了车。"中国传统古村落"几个大字映入眼帘,再前行几步,便是天池苗寨大门。古朴,典雅,干净,整洁,这是我之前没有看到的场景。抬头望去,井干式吊脚楼、穿斗式实木墙、飞檐、斜面、青瓦,飞檐翘角、青砖黛瓦、古色古香。寨内有石林瑰景,古井瑶池,青苔石阶,蜿蜒曲折的小路曲径通幽,小路两旁一幅幅雕像惟妙惟肖,这些特有的印记记录着苗家人的生活、习俗和爱好,也

◆ 千重浪 (李莉/摄)

星星之火，可以燎原。

以农民暴动为中心，土地革命为目的，做好农运、军运以及民团工作，以保证武装斗争的进行。
——中共四川省委《春荒暴动行动大纲》1928.3

◆ 传基因 （陈伦双/摄）

憧憬着苗乡人的未来和美好。

　　乡长告诉我，苗寨建造于晚清时期，是重庆市规模最大、保存最完整的少数民族传统民居建筑群之一。这里已被国家住建部和文化委列入第四批"中国传统村落"目录。寨内常年聚居53户村民，过去穷得叮当响，如今寨里有五坊五馆：榨油坊、酿酒坊、面坊、苗药坊、练歌坊，酒馆、面馆、茶馆、非遗木器馆、火锅馆。还有百家宴、万州烤鱼，若配上苗家米酒，再欣赏一下苗家少女的舞姿，想不醉都难。

　　沿着寨门小道前行，首先欢迎你的是圆圆的太阳湖，清澈的湖水足以让你心动。寨子中间就是乡长说的可以尽情歌舞的广场。寨子深处是一湾稻田，稻田下面是弯弯的月亮湖。据说，月亮湖是太阳湖的妹妹，如果你想把妹妹娶回家，必须先去拜访哥哥，太阳湖哥哥同意了，才能走进妹妹的月亮湖。寨子上方是红山水塘，浇灌着寨子里的一草一木，下方是正在修建的西山水库,很快就会高峡出平湖。左方有苗王山相守,右方有神龟山护佑。"一山四湖"勾勒出了一幅美丽图案,也形成了苗寨特有的地理风貌。

苗王山下,红色旅游线路已经打造出来。从寨子驱车两公里,来到后坪坝苏维埃政府史迹展览馆。它讲述的是当年川东红军第二路游击队在武隆开展武装运动,点燃星星之火的历史故事。1927年,四川军阀刘湘与蒋介石勾结,在重庆制造了"三三一"大屠杀惨案、蒋介石在上海发动了"四一二"反革命政变、汪精卫在武汉发动了"七一五"反革命政变,轰轰烈烈的大革命宣告失败,在党组织的号召下,重庆、武隆、涪陵等地的有识之士和进步青年回到家乡,传播革命思想,策反驻地士兵,建立农民协会,发动群众开展武装暴动,掀起了川东地区开展土地革命和武装反抗国民党统治的热潮。1930年6月13日,在这里成立了后坪坝苏维埃政府,革命斗争如火如荼。这段历史原来被忽略了,我第二次去调研时提出了建一个纪念馆的建议,区里、乡里很重视,查阅了大量历史资料,并进行了深入的考察,还争取了重庆红岩联线的支持,在原川东游击队员经常路过的山间小道旁还原了这段历史,这不仅增加了一个游客好去处,也打造了一个红色教育基地。如今,这里游客络绎不绝,机关党员和中小学生们把它作为了课堂教学基地。

走出展馆,斜上半里,有了观景台。放眼望去,文凤村尽收眼底,一幅"云上苗寨、幸福后坪"的美丽画卷,在初冬微雨中舒展而开。一览无余的空间不仅在时光的坐标里绽放着光华,而且在蓝天的映衬下给人以诗和远方的梦幻。高耸云端的苗王峰俯视群山,如金戈铁马气贯长虹;神龟山脊隆起的山峦,象征着苗家祖先用勤劳、质朴和勇敢雕刻的脊梁。

上天的恩赐固然重要,后天的努力才是关键,过去的穷山恶水变成如今的青山碧水,过去的不毛之地建起了蜜蜂园,过去的荒山变成了茶场,过去的山货再也不会烂在地头。如今包装精美的蜂蜜、绿茶、山珍,都摆上了游客服务中心的电商货架,"一品乐"电商馆仿佛在告诉大家一起扶贫、一起脱贫很快乐。

我深吸一口气,居然是甜的。苗家人用自己的双手创造了财富,摆脱了贫困。如今,他们有米,有面,有吃,有住,有歌声。游客的欢声笑语,孩子们琅琅书声,奏响了寨里特有的交响乐。苗寨小课堂和法治广场上的龙门阵"热"起来了……文惠苗乡、法润古寨,自治、法治、德治"三治融合"的乡村治理都在这个寒冷的冬天里绽放出异彩。

2020年10月10日清晨,天空飘着小雨。我们来到了后坪乡小学,参观孩子们的宿舍、食堂和图书馆,为他们送去牛奶、手套和书籍。在教室里,孩子们唱起了《少年先锋队队歌》,他们稚嫩悦耳的歌声,让我仿佛回到了30年前,回到了那个小山村,当时还是代课老师的我,晚上点着煤油灯给孩子们批改作业……那一刻,我的眼睛湿润了,我告诉孩子们"要做守法的小公民、用法的小能手、传播法治的'小喇叭'",那天,文凤村又有考上大学和研究生的16个困难家庭领到了检察爱心助学金……

◆ 献爱心 (江泳/摄)

上午 10 点，文凤村新落成的村级阵地——便民（游客接待、公共文化）服务中心二楼的多功能会议室，气氛格外温馨。重庆市人民检察院党组理论学习中心组扩大学习会暨脱贫攻坚现场会在这里举行，最高人民检察院副检察长张雪樵亲自出席，给乡亲们送来了问候和祝福，为文凤村脱贫攻坚成果点赞……

回想四年前，邱靖杰刚到文凤村时，场镇的土街都格外冷清，连一家像样的商店都没有；三年前，叶新灿加入到驻村扶贫时，乡亲们都还在开玩笑说，后坪乡大街上能见到的人都是扶贫队员；两年前，刘千武同志加入到后坪扶贫时，第一感觉就是，文凤村每天都有新变化。

幸福是奋斗出来的。现在，市级贫困村蝶变成了小康示范村，文凤村获评了重庆市"十大文旅地标"、"十大美丽村庄"、全国乡村旅游重点村、全国"红色村组织振兴试点"，前不久，国务院扶贫办确定天池苗寨为首批全国脱贫攻坚考察点。文旅融合效应显现，绿水青山变成了金山银山，游客来了，山货火了，天池苗寨自 2019 年 9 月开寨以来，接待游客 4 万余人，实现旅游收入 600 多万元……

从春天走到金秋、走到隆冬，三上苗乡，我看到，"化茧为蝶"的文凤村如期打赢脱贫攻坚收官战，正朝着乡村振兴新目标阔步前行。我为乡亲们摆脱贫困感动、为扶贫干部感动、为孩子们茁壮成长感动。

"云上苗寨、幸福后坪"已成了一张亮丽的名片。后坪乡文凤村生动地践行了脱贫攻坚伟大实践。从这个缩影，我深深地体会到，中国的扶贫和脱贫攻坚战，是人类历史上以最短时间让一个最大群体摆脱贫困、实现小康的一场伟大革命和史诗性战斗。

乡村振兴的春天又来了。我的耳旁不由得响起了那润心的山歌——曾世红老人唱着《红军颂》、潘学周刘远银夫妇唱着《苗家山寨好热闹》，还有天池苗寨作坊墙上的那幅画中乌江船工们发出的震天号子声，和那位在外乡创业的武隆籍音乐人专门为家乡创作的《云上苗寨》……

2021年元旦节的前夜,机关党办的同志把凝聚着作家、诗人、摄影家、书法家辛勤汗水的册子《云上苗乡》送到了我手里,当我翻开它时,我从这些文艺家讲述的故事和记录的感动中又一次受到教育。一如诗人所写:

太阳照亮了山坳
春风吹暖了苗寨
日子振作了精神
阳光沐浴了贫困
勤劳酿造了甜蜜
小康舞动了喜悦

春节前夕,重庆市人民检察院机关党委组织开展了"苗乡新春行、文凤看小康"党建活动。我又一次从党办的同志那里得知见闻:

乡村公路箍了彩带
红军步道铺到天外
苗乡村民脱贫故事
有一大箩筐可以晒
何祖华潘杰罗元发
已在《人民日报》登载

春天又来了,我深信,文凤村的天会更蓝,文凤村的日子会更甜,我期待着以一个游客的身份再上苗乡!

(作者系重庆市人民检察院党组书记、检察长。此文刊登于《重庆文学》2021年第1期)

苗寨,掀起你的盖头来

刘建春

　　天池苗寨,浓浓的民族风情,异彩纷呈的苗族文化令人神往。苗寨村民打快板、唱山歌、舞狮、打腰鼓、做手工艺、打莲箫、跳摆手舞……这些"原始生态"的苗族文化,对初来乍到的邱靖杰来说,可谓惊喜莫名。

　　可一路颠簸,风尘仆仆,翻山越岭,赶到乡政府所在地文凤村时,看到偌大的街上竟空空荡荡,不见一个行人。"穷呀,年轻力壮的都出去打工了。"一旁的村干部沮丧地说。

　　目睹现状,刚才还很兴奋的邱靖杰心沉了一下,但很快舒展开来。他知道,全村老少都在看着他,期待着他。更何况,这里有这么好的美丽风景和苗族文化,自己不仅来扶贫,更是来接受民族文化的洗礼。

一

2017年9月7日,35岁的重庆市人民检察院第三分院干警邱靖杰,被重庆市委政法委扶贫集团选派到武隆区后坪乡文凤村担任驻村第一书记。文凤村是一个大山深处的深度贫困村，村里没有任何产业，全村人口1328人，年人均收入仅2500多元，贫困率达21.8%。这里的天池苗寨古朴典雅，却藏在深山人不识，具有很高的旅游开发价值。邱靖杰认为，只有尽快发展乡村旅游，同时发展传统农业，才能改变贫困的现状，才能让文凤村走出贫困的阴影。

但刚开始工作时，村里积淀已久的各种陋习和不良环境，严重制约了扶贫工作的开展。邱靖杰也曾一度迷惑、彷徨过。"工作生活在大山里的人很不容易，扶贫很辛苦，在村里肯定会遇到操心事、烦心事。这是一种考验，所以更要用心用情开展工作。"重庆市人民检察院党组书记、检察长贺恒扬来文凤村调研时，反复叮嘱邱靖杰。

贺检察长语重心长的话，让邱靖杰感到扶贫工作既光荣，又责任重大。为了打开困难的局面，他首先想到要把这个村的精气神找回来，充分发挥党员的作用，让他们成为脱贫攻坚的先锋，带动全村人集体脱贫。2018年11月，经过筹备组建，"三会"正式成立，即村民理事会、红白理事会、村民自治会，由9名党员分别担任"三会"的相关职务，对村里的陈规陋习、人居环境进行严格整治。

王有才是文凤村一社村民，自己开了一个酒店，儿子又在派出所做协警，在一社说话很有威信，对各社的群众也有带动作用。王有才自担任人居环境整治会副会长以来，严格按照管理制度，一丝不苟地按季度检查清洁卫生，抓好清洁卫生的评比工作。王有才生意做得好，也热心"三会"工作，他不仅把自己的养鸡场从最初的脏乱差打扫得干干净净，井井有条，而且把全村的清洁评比工作做得认真、公允，很受大家拥戴。

天池坝村民陈帮余，在天池坝整体人居环境打造中，不允许占用自家田地，百般阻挠，甚至恶语相向，使工程无法顺利开展。理事会党员罗开伦、罗元发多次入户深入交谈，循循善诱，给他讲清楚利弊得失，并告

◆ 心与百姓同忧乐 （张华/摄）

知他破坏公共设施的严重法律后果。当理事会成员第三次入户恳谈后，陈帮余感动得哭着同意了。"前不久，我在寨里见到陈帮余，问他，'现在的苗寨美不美'，陈帮余还露出羞涩的表情回答道，'变化很大，如今真的很美'。"邱靖杰谈起这些，言语里充满了深情。

"三会"的成立，极大地发挥了党员的模范先锋作用，完成了许多以前不可能完成的任务：3天内搬迁坟墓100余座；拆迁苗寨内所有的畜圈，在寨外统一建设无害化畜禽圈舍；把寨民以前的圈舍改造成现在的酸汤鱼火锅、苗家小吃、练歌坊、高端民宿。原本脏乱差的环境彻底整治一新，露出了美好容颜。

二

文凤村地处偏远山区,自然风光优美,民风也很淳朴,但寨民法治意识很淡薄。刚到不久,邱靖杰就碰到几件棘手的事情:有村民为争地界打架的,有土地流转毁约的,有打工拿不到工钱的,还有孩子辍学不读书的……

"矛盾纠纷繁多,法治意识淡薄。"邱靖杰意识到,文凤村地处后坪乡场上,如不及时解开群众的心结,调解好邻里间的矛盾,提高村民的法治意识,不但村民脱贫难以实现,还会影响基础设施建设,不利于旅游产业发展。

"法治扶贫",邱靖杰想到了用法治来促进扶贫工作的顺利开展。2019年4月,在重庆市委政法委扶贫集团的指导下,文凤村率先成立了法治扶贫工作室,同时开展"公益诉讼""莎姐大普法""莎姐青少年维权"

◆ 三治融合树新风 (袁兴碧/摄)

◆ 莎姐普法进课堂 （刘丽佳/摄）

"农民工维权""苗寨小课堂——与您面对面"等法律宣传教育和法律援助等工作，以促进该村"自治、法治、德治"三治的融合发展。

"学生是农村发展的未来，一定要教育好学生，才是改变贫困的保障。"重庆市委政法委扶贫集团驻后坪乡工作队队长刘千武一再在相关工作会上强调关心学生的重要性。文凤村小学生蔡远强，本来学习成绩不错，因为父母常年外出务工，加之家庭贫困，孩子中途辍学了。邱靖杰听说这个情况后，马上走进这个孩子家中，与蔡远强促膝谈心。"你一定要好好读书，知识改变命运。相信你长大后一定会有出息的。"经过多次上门细心疏导，孩子脸上渐渐出现了笑容。他望着邱靖杰，哽咽道："邱叔叔，我要读书。"孩子终于打开了心门，重新回到了学校。

父子情深，按理说不会出现经济纠纷。但75岁的蹇大爷却上门找到邱靖杰，告儿子的状："邱书记，你评评理，我的种粮补贴款存折交给儿子保管后,到现在都没有领上钱。"这可不是小事,老人家就靠这点钱过日子,被儿子无端占用,这还了得。邱靖杰立即展开调查,原来是一场误会,蹇大爷嫌儿子平时对自己关心不够,又不闻不问,他就想借种粮补贴款找儿子的"碴"。"后人养儿育女负担重,养家糊口也很忙,老人要多体谅。"邱靖杰充当起调解员的身份,给两边做思想工作,"分家不等于分开过,子女要尽到赡养的义务,出门进屋多嘘寒问暖……"贴心的话语,犹如春雨润物,打开了父子二人的心结。如今,父子二人和睦相处,感情比以前更深厚了。

"没有什么刑事案件,工作室平时处理的更多是家长里短的小纠纷,虽然都是些鸡毛蒜皮的事,但大家遇到事情知道找我们,而不是通过鲁莽的行为来解决。它既加强了村民的法治意识,也大大推动了脱贫攻坚的顺利进行。"邱靖杰的话,道出了法治扶贫工作室的意义。

◆ 法治微课进苗乡 (江泳/摄)

◆　薪火相传践初心　（江泳/摄）

三

村民的法治意识加强了，人的精气神也都起来了，寨里的环境也大大变样，人人都盼着好日子早点到来。但要走向富裕，还得进行"三变"改革，这是文凤村脱贫致富的关键一步。邱靖杰召集村里的几个主要骨干党员谈"三变"，即成立重庆市武隆区苗情乡村旅游股份合作社，喀斯特旅游集团公司以300万元现金入股苗情乡村旅游股份合作社，53户寨民以寨田土林房10年经营权入股，形成"公司+合作社+农户"的经营模式，采取"固定分红+收益分红"方式共同打造天池苗寨精品民宿，从而实现"资源变资产、资金变股金、农民变股东"。

"那时真难啊，很多寨民不愿意把自己土地拿出来入股。对这个政策也缺乏信任度，多在犹豫观望。"邱靖杰谈起此事，感慨不已，"当时股

◆　金秋开寨迎客来　（陈伦双/摄）

民会连续开了15天，每天晚上从七点开始，有时会讨论到凌晨一两点钟。最后，全村53户寨民也只有44户入股。"

　　但也有一开始便深信不疑而果断入股的，时年53岁的党员村民罗元发正式入股时，毫不犹豫地把家里的七间房租了出去。2019年底，他拿到了2万多元的分红。

　　罗元发曾是文凤村的建卡贫困户，因妻子常年生病就医，家里经济非常拮据。前些年，为了医治妻子的疾病，四处借钱。尽管他每年外出务工，但微薄的收入依然无法支撑家庭的各项开支。自从入股后，从前一直萎靡不振的他精力充沛，干劲十足，不但在景区开起了特色餐馆，空闲时候还在苗寨的项目工地上做工挣钱。餐馆开业以来赚了7000多元。这让罗元发尝到了入股的甜头。

　　"如今可不一样了，罗元发现在成了村里的'脱贫先锋'。2019年，他主动写下了'退出贫困户申请书'。"邱靖杰笑吟吟地说。

苗寨经过各方投资打造,已今非昔比,美得让人来了不想走。尤其是旅游高峰期,来自市内市外的游客蜂拥而至,苗寨内的民宿天天爆满,供不应求。"火了,2019年9月开寨就火,完全没有想到!"当时,在街边卖麦粑的村民一天最多都能收入2000多元。

但更火的还是动员从浙江打工回来将房子出租入股的罗元发,他开的"罗氏非遗烧烤店",凭借其店面干净卫生,烧烤美味实惠,在天池苗寨打出名声,获得很好的口碑,凡旅游来景区的都要到此品尝,成了最受游客欢迎的餐饮。高峰期,有时一天收入能达到1万多元。

罗元发曾经因妻子生病,为筹集妻子治病的钱,远走他乡艰难打工。回乡创业的他获得了实实在在的收益,2019年光分红就收益16000多元,加上餐饮收入,2019年纯收入达到46410多元。

旅游火了,寨民收入增多了,全村脱贫户也早在2019年年底全部实现了脱贫。

文兴苗乡,法润古寨。如今的文凤村,蝶变得越来越美:法治广场的崛起,苗寨小课堂、检察流动站的建立,让村民警钟长鸣;村级便民服务中心、游客接待中心的成立,让爱温暖人心;蜂场、高山生态鸡、电商馆、高山茶叶、旅游的发展,让产业和旅游文化比翼齐飞。

"人的风气也好起来了。连地上有个垃圾,村民都会主动捡起来。"邱靖杰望着犹如仙境的天池苗寨,感受着这里丰富多彩的民俗文化,感慨系之。

注:"莎姐"是指从事未成年人检察工作的检察官。

(作者系中国作协会员、重庆市散文学会会长、重庆日报报业集团高级编辑,已出版诗集、散文集、长篇小说等10余部,曾获首届重庆小说奖、第六届冰心散文奖。此文刊登于《检察日报》2021年1月10日第4版)

家住寨上

糜建国

一

从平整的水泥地坝拾级而上,开阔的阶沿上,摆满了五张宽大的八仙桌。八仙桌擦拭得干干净净,幽幽泛着温暖的光泽……

这是一栋两层高、飞檐翘角、三面走廊环绕、具有十足苗寨风情的吊脚楼。午后阳光越过对面高高的人头山投射过来,刚好照在大门正上方的木匾上,"喜悦楼"三个黑色大字显得遒劲有力。从东边数过来,大大方方,整整五间。如此漂亮的小楼,谁也想不到主人家罗元发,竟然是当年的建卡贫困户。

在重庆18个深度贫困乡镇表中,武隆区后坪乡赫然在目。

从地图上看,后坪位于武隆区右上角,武隆、彭水、丰都三地在此交界,故此地又被当地人称为"一鸡鸣三县"。因其位置偏僻,交通闭塞,是武隆脱贫攻坚中的一块硬骨头。而罗元发所在的天池苗寨山上,海拔1100多米,位于后坪乡文凤村,因青壮年流失,产业为零,一度成为一个

"空壳村"……

"前些年,四处借钱,带着生病的妻子,到处求医看病。最后都没人愿意借给我们了。好几次,妻子都哭着要去寻短见……"往事不堪回首,想起那些绝望的日子,大山里这位满脸沧桑的汉子语气突地变得沉重起来。尽管罗元发会木工活,有手艺傍身,人也勤奋,吃得苦,跑了东北,跑云贵川,但收入仍然无法支撑家庭的各项开支。

如今不一样了。2019年4月份,打了"翻身仗"的罗元发主动向村里提交了脱贫申请书,他成了村里的"脱贫先锋"。

"后坪乡党委、政府:本人罗元发,家住重庆市武隆区后坪苗族土家族乡文凤村天池坝组,户籍4口人。2013年,我家因缺资金,被确定为贫困户。2019年,我家开办了'喜悦楼'农家乐,家庭收入为60721.6元,人均纯收入为15180.4元。各项指标均已符合脱贫标准,我自愿申请退出建档立卡贫困户。望批准! 申请人,罗元发。2019年4月15日。"怀着一

◆ 我的苗寨我的家 （张华/摄）

颗敬畏、虔诚的心,不到两百字的申请书,罗元发反反复复地修改,写了三个多小时。

2020年的夏天,罗元发有些忙不过来。

"苗寨门口便民(游客接待、公共文化)服务中心工程正在火热建设中,从三月份疫情后到现在,我每天都去上班,一天能挣300元。有时也把工程包过来,一天就能挣到400—500元!"楼前那棵皂角树上,知了欢快地叫着,像一曲天籁,悠悠地向四周扩散开去。

"有空时,就帮忙经营农家乐。农家乐忙得过来,就种庄稼。我们种了糯米包谷、高山洋芋,还喂了三头肥猪,放了十几只羊;另外,还养了四十多只跑山鸡,客人在这里,除了能吃上高山土猪肉和绿色蔬菜外,还能吃上正宗的土鸡、土鸡蛋。很多客人,走的时候,还会顺便买走一些!"说到高兴处,罗元发走到地坝边,伸手向寨后山脚下指了指。

坡下树林里,停靠着几辆从大城市开来的豪华房车,在房车旁边,隐约显现出一排排琉璃瓦白墙小屋。那是村里统一修建的农舍,村民们养猪养羊、养鸡养鸭,全部搬过去了。整个苗池寨,像花园般,再也闻不到臭味,再也看不见以前鸡粪、猪粪、羊粪满地,到处脏兮兮、乱哄哄的现象。山风从对面树林吹过来,清凉一片,抽着烟的罗元发显得自豪、满足。

"喜悦楼"前几天接了一批游客,午饭后刚走,喂了猪和鸡食料后,打扫完卫生,早已康复的妻子江永明,用背篼将地坝边墙角堆放的柴块一趟趟地往厨房里搬运,一串串晶莹的汗珠子在她笑盈盈的脸上滚动。挤挤挨挨,插在背篼上的柴块冒梭梭的,充满了无限喜悦……

罗元发口中的项目是天池苗寨入口处正在修建的文凤村便民(游客接待、公共文化)服务中心。他盼望着工程早日竣工,等苗寨景区再上一个档次后,他家的"喜悦楼"农家乐餐馆就会更有盼头。

"正式入股时,我毫不犹豫把修建好的七间房租了出去。"2018年,村里成立了乡村旅游股份合作社。罗元发租出去的房子,很快被合作社统一装修,打造成了"天池苗寨精品民宿"。2019年底,光房子这一项,他就拿到了2万多元的分红,再加上打工和农家乐挣的钱,一下子还清了所有债务。按照2020年的行情,总收入一定还会翻番,罗元发信心十足。

"老板！218房间在哪?"一群穿着花花绿绿,戴着墨镜,打扮时尚的女士拖着拉杆箱,正从月亮湖畔往这边走来,一路上都撒下了她们嘻嘻哈哈的欢笑声。

"这里！这里!"罗元发快步走下台阶,赶紧笑脸相迎。

罗元发知道,又一批游客来了……

二

"矮点！矮点"潘杰左手提着一条板凳,右肩上扛着——一、二、三、

◆ 人勤春早农家美 （张华/摄）

四,整整四条板凳,从合作社大堂屋走出来,看见板凳快要顶住门楣了,有村民忍不住大喊起来。但潘杰不慌不忙,蹲下身,小心跨过了高高的门槛。

和所有山里长大的孩子一样,中等个、国字脸,2020年刚满三十岁的潘杰,除了一脸质朴外,也多了一份沉稳。他是苗寨民宿第20栋"如意阁"的主人。刚刚接到旅行社电话,晚上将有15桌游客要来吃饭。原本只有十桌桌凳的潘杰,就来到了苗寨合作社,借了五桌。

顺着村寨洁净的石板路,一路向后山方向,不到两百米,就来到了半山腰上潘杰的小院。一个快递公司刚刚送到的蛋糕,静静地搁在堂屋正中央的八仙桌上,整个堂屋显得温馨一片。潘杰有两个女儿,今天是大女儿六岁生日,暑假这段时间,她们都住在高坪村岳母家,早上出门的时候,女儿打来电话,一再叮嘱,爸爸,晚上下班回来,一定要给我买蛋糕,我们等到吃蛋糕哟!自从2019年开寨以来,潘杰是第一个回到"天池坝"的年轻人。在这之前,潘杰一直在主城搞餐饮,"跑工地"卖盒饭和小炒。

所谓"跑工地",就是跟着工地转,工地到哪里,他的"流动餐馆"就跟到哪里。一个煤气罐、一台灶、一把刀、一个菜板,再加上锅碗瓢盆和一辆三轮车,就是他的全部家当。和建筑工人一样,住也住在工地上。常年在外漂泊,风里来雨里去,挣不了多少钱不说,也照顾不了家。特别是近几年,两个孩子慢慢长大,要送到后坪乡镇上去上幼儿园。以前公路没有修好,父亲用两个箩筐一边装一个,挑着孩子去上幼儿园;有时候,两个老年人用背篼一人背一个,爬坡上坎去上学。父母逐渐变老了,力不从心,虽然父母在电话中不说,但潘杰都看在眼里,记在心里。如今,从武隆到后坪的"大动脉"江后路和桐后路都修通了,世世代代唤做的天池坝变成了崭新的苗池寨,潘杰和妻子一商量,带着在城里学到的手艺,果断回到大山里,在乡里的帮扶下,装修了老屋,办起了农家乐。

"没想到,开寨的头天和当天,两天时间,就赚了一万多!"潘杰一边用抹布抹着刚刚借过来的桌凳，一边笑着说。

小院宽敞，抬头远望，对面那颗血红的夕阳慢慢从山王墩往下坠，阳光穿过院前的酸枣树洒落在小院里，晚霞点点，像一地的金子。院坝中间，几台石磨做成的一个小景观，山泉在磨槽里循环流淌，就像财源滚滚而来……

在小院左边坡下，有两间稍矮的房间作为厨房。在进门右边靠墙的地方，堆满了南瓜、土豆；厨房正中央，白瓷砖铺就的灶台上霸气地嵌入了三口锃亮的黑色大铁锅，一口大锅里正炖着腊排骨、腊猪蹄，一口大锅里正烧着羊肉萝卜，还有一口锅里，花两百块一天请来的王厨师正炒着回锅肉，灶膛里大柴块"呼啦啦"地烧得正旺，几个帮忙的村民忙进忙出，厨房里热气腾腾，香味袅袅……

"按照我们这里的标准，土鸡、腊猪蹄、腊排骨、羊肉和回锅肉，再配几个素菜，十多道菜，一桌320元，很受游客欢迎！"一般旅行团，从来到走，一共要玩四天。根据2019年的经验，潘杰清楚，从2020年疫情过后，一直到10月份，游客都会一直不断。另外，和罗元发的"喜悦楼"相比，潘杰的"如意阁"共计700多平米，按照45元每平米租给合作社，每年的固定分红，就有三万多。

其实，潘杰的收入远远不止这些。

2019年10月，武隆区文旅委到寨上举办培训班，潘杰和妻子都报名参加了。在不到一个月时间里，夫妻俩学会了烧烤技术。

"现在很多游客来山上旅游，晚上的生意很好，前两天忙到凌晨三四点才睡觉，有一天烤了7只羊8只鸡5条鱼，一天收入了一万多元。"在导游小姐的带领下，坡下石板小径上，游客已逶迤上来，潘杰脚下像抹了油一样，一路都在小跑……

另外，寨子广场那家奶茶店，也是潘杰开的，连他都没想到，生意也是出奇地红火。

　　深山的夜,静悄悄,歌唱了一天的山蝉也睡去了。

　　当月亮在对面山王墩升起时,已是零点过,潘杰启动他那辆买菜的面包车,驶出苗寨,爬上沧后路,向高坪村驶去,后座的蛋糕幽幽地散发着香味,想起女儿的笑脸,潘杰内心一片温暖,忙碌一天的疲惫,也消失了。

三

　　"苗寨小课堂开课了!"孩子们围绕着苗寨太阳湖奔跑着……

　　听说重庆城里的大学教授要来服务中心演讲"脱贫励志经",放暑假的孩子来了,罗元发、潘杰、赵朋等来了,连黄世周、周正群、李世奉这些文凤村最后一批脱贫户也来了。

　　但何祖华和他的三个孩子却没有来。

◆　　花开苗寨春意浓　（颜学伟/摄）

在文凤村,45岁的何祖华是最后一个递交脱贫申请书的。

想起脱贫前的那些日子,何祖华的眼眶潮湿了。

那时,何祖华拖着他的三个孩子,住在河坝里,看似很近,但从沟里上来,要爬大半天。门前是大山,背后也是大山,重重地压在何祖华的心上。

"不得行,脱不了贫!"2017年的冬天,飘着雪显得格外的冷。当村支书来到家中告诉他,明年要脱贫的时候,戴着瓜皮帽、穿一件油腻腻军大衣的何祖华呵呵一笑,自己先泄气了。

"你看我这个家,拿什么脱贫呢?"瑟缩着脑袋的何祖华从袖笼里伸出交叉的双手,抹了一把鼻涕,顺手一甩,反问起来。

2015年离异后,何祖华的家就不像家了。

门口一块土地坝,杂草丛生。整个房子向左倾斜着,如果不是旁边一间石头垒砌的猪圈抵挡着,大风一起,早就倒了。阶沿上,破箩筐里蜷缩着一条瘦瘦的大黄狗,旁边的一台风车布满灰尘,手把锈迹斑斑;进入堂屋,四壁皆空,连一根多的凳子也没有,只有墙角堆放着一堆土豆。右墙壁最高处,用泥巴糊的夹竹墙破裂出一个大洞,大山的风,像刀片一样,直直地灌进来。长得瘦瘦的三个孩子,一身脏兮兮,阴郁着脸,偎依在灶屋里,烤着火……

瑞雪兆丰年,2017年的那场大雪,也给何祖华一家带来了希望。

其实,骨子里,何祖华不仅有大山的朴实,也肯干,吃得苦,虽然身体不是很强壮,但在种庄稼之余,还背砖、挑河沙、抬山石……

2018年底,村里政策来了。何祖华东挪西借,凑足一万元,村里又出了四万元,修建了集资房。当接过村支书交来的钥匙,矮小的何祖华蹲在地上,呜呜哭了起来……

从绝望的笑到感动的哭,何祖华内心翻江倒海,发生了巨大的变化。

"书记,你放心,我今年一定实现脱贫!"看见村里贫困户们陆陆续续都递交了脱贫申请书,何祖华也暗暗下了决心。

随着苗寨旅游业逐渐兴旺起来,何祖华也去打一些零工;同时,他还养了跑山鸡,种了蔬菜,卖给寨上的农家乐。2019年底,入了合作社的土地股也分红了。更让何祖华高兴的是,2019年,他成为了村里公益护林员和公路养护员、清洁员,每个月有了固定收入……

"卫生干净了,游客才会来!"有了精气神的何祖华,话也说得斩钉截铁。看见地上有纸屑,他弓腰捡起来,攥在手中。

从苗寨大门口到人头山下的观景台、再到乡上红色革命纪念馆,那条长长的、七弯八拐的水泥路,是所有游客观光必经的黄金路线。每天,来自四面八方的游客们都能看见穿着黄色反光背心的何祖华背着背篓、提着撮箕、拿着扫帚,来来回回扫路的身影。纸屑、饮料瓶、食品袋、落叶,还有一些重型货车撒落的碎石,在何祖华看来,它们都不能停留在洁净的水泥路上……

演讲已经开始了,还不见何祖华他们的身影。

此时的何祖华和孩子们,正忙着呢。

◆ 乔迁新居笑颜开 (张清善/摄)

原来,昨晚下了一场大雨,把山上的石渣和泥沙冲刷下来,撒得公路上到处都是,何祖华正带着他的三个孩子在打扫。只见孩子们翘着屁股,用小手往箢箕里不停地捡石渣、捧泥沙,装满一箢箕,倒了又重来。

何祖华呢,看见道路旁边的沟里很多枯枝败叶和石渣堆积在那里,山水跑下来被堵着,歪歪斜斜,泥浆蛇一样往公路上流淌。那些垃圾用扫帚根本扫不出来,何祖华就用手去抠、去抓。他弯下腰,单腿跪下,几乎把整个胸部都贴在了路面上,衣服浸泡在水中,他全然不知。扫完公路上的石渣、泥土,何祖华又用塑料桶提着旁边沟里的水去冲洗路面上的泥浆。边冲洗,边用铁扫帚使劲儿地扫着,"唰唰唰"的清脆声扩散在清晨空旷的大山里……

但让何祖华没想到的是,他和孩子们扫路的情景,被三位画家画了下来。

三位画家来自北京,几天来,他们一直在苦苦寻找苍茫大山中最美的风景。一大早,他们背着画架、提着颜料桶,戴着草帽在经过老鹰嘴时,看见了眼前的一幕,于是,他们果断支起画架画了下来。

画中,单腿跪下、满头大汗的何祖华脊梁弯曲着,像一张弓,在朝霞的映衬下,他的背影显得异常高大;三个孩子双手捧着泥沙,灿烂地笑着。曙光下的苗寨海市蜃楼般充满梦幻,一轮红日正冉冉升起……

(作者系重庆市作协会员、中国散文学会会员、重庆市南岸区作协副主席,重庆南风爱心助学会会长,参与时代楷模人物故事《热血忠诚》(杨雪峰)、《当代愚公毛相林》的创作,散文集《春风,拽着人民奔跑》获重庆市委宣传部、重庆市作协资助,获第二届、第三届重庆晚报文学奖。此文刊登在《人民日报》2020年9月7日第20版)

天池映照回乡的路

常克

这个深秋的早晨,文凤村是一幅色彩清美的工笔画。

水车,草甸,小木屋,儿童乐园,流动的溪泉,还有宛若童话的房车。小石桥边,几个农家小孩踩着水车在嬉戏。一位50岁出头的农妇笑嘻嘻走近他们,招呼娃儿回家吃早饭。

眼前的这一幕,让我很自然地想起2020年7月,我第一次到文凤村,朝霞满天的那个时刻,我在村边散步。我的眼前所见,根本看不到一点点深山老林的杂沓,倒是一处青绿而秀美的绝佳画境,酷似平时在画刊上见到的异域风情。

如果不是亲历,我无论如何不敢相信,在三五年前还又脏又乱的深山穷乡文凤村,现在竟然变成了风景如画的聚宝盆。

后坪乡,位处重庆市武隆区的崇山峻岭深处,曾经被列为重庆市18个深度贫困乡镇之一。后坪乡的文凤村既贫又脏,以前有个说法是,满村鸡屎牛粪,出门踢脚绊爪。

10年,20年,反正很多年了,一拨接一拨的青壮年都往城里跑,跑得只剩下留守老人和留守儿童，跑得村里差不多奄奄一息。

但现在居然来了个剧情大反转——文凤村的青壮年一拨接一拨地回乡。他们笑嘻嘻说，现如今，大门不出二门不迈，蹲在村里都挣钱，以前想都不敢想。

青壮年陆续回村，人数多，留得住，堪称文凤村脱贫攻坚的神来之笔。

被"拒绝"的第一书记

7月末的一天，邱靖杰给王丽打电话说，自己有18位老同事老朋友要来村里住几天，8月1日到，现在提前预订床位。

王丽一听就说，不得行不得行，全村247个酒店民宿床位，天天都是满的。

邱靖杰说，那你想办法给我调配一下嘛。

王丽答道，客人很多都是从网上订的，调了不得了，光是携程网就订了100多个床位。

邱靖杰只好说，实在不行，那就安排普通民宿吧。

王丽显然是忙碌的，说话短平快，就算普通民宿，也都是满的。现在全村凡是住得了人的地方都住起人的，真的没得床位，一个都没得。

邱靖杰并没有因为王丽完全没有商量余地的语气窝火，心里反倒乐得不行。

邱靖杰是谁？

王丽为什么说话没商量？

这就得聊聊文凤村的前世今生。

文凤村地处深山，长期贫穷的结果就是，青壮年几乎跑光，远的在重

◆ 苗乡致富路 （熊力/摄）

庆主城乃至外省打工,近的就在县城找活干,反正不留在村里。出现明显变化是在2017年秋天,重庆市委政法委扶贫集团结对帮扶后坪乡,其中,重庆市人民检察院扶贫集团对口帮扶文凤村,重庆市公安局对口帮扶中岭村,重庆市人民法院对口帮扶高坪村,重庆市司法局对口帮扶白石村。没多久,针对各村的脱贫攻坚计划开始实施。

市检察院派驻文凤村的驻村第一书记,就是邱靖杰。2017年9月6日,他第一次见到犹如荒郊野岭的文凤村,心都紧了。但后来经过大伙反复调查研究,居然就从这貌似原始的"荒郊野岭"气息中找到了产业出路,也就是紧紧依托村里的中国传统村落天池苗寨这个天然禀赋,加速打造高山民族风情小镇,一步一个脚印,凝心,巧干,发力。

2019年9月17日,文凤村以"天池苗寨"的全新神韵重装开寨,以中国原生态传统村落、重庆美丽乡村的姿态高调回身。仿佛一刹那,一个沉睡多年的大山穷村,犹如睡莲初醒,惊艳远近。

这背后的每一步艰难，都是故事。这当中，最头疼的一桩，就是想方设法把村里的青壮年重新召唤回村。

王丽是其中的一个。

当时33岁的王丽是从巴南区嫁到后坪来的，婚后和老公赵川峰常年在外打工。前两年，她也隐隐约约听说过村里的脱贫攻坚阵仗翻天的，但她将信将疑，反正就是不愿回到村里来受穷。

后来邱靖杰出面，三番五次找她谈话。

邱靖杰说，王丽你爱说笑，性格细，有志向，最适合做苗寨前台接待，回了村又能够照顾小孩，村民理事会也都赞成推荐你。

王丽说，邱书记那我就直说了哈，回来了，我每个月可以拿到多少钱，一家老小要生活嘛。

邱靖杰说，村里测算过，苗寨开寨以后，你的岗位每个月收入应该在3000元上下。

◆　古村映春光　（张华/摄）

王丽说,只要差不多就行,那好,我来干。

2019年9月,王丽正式上班。令王丽意想不到的是,打造一新的天池苗寨越来越火,武隆喀斯特旅游公司统一规划游览线路,把天池苗寨纳入观光旅游内容,大巴车固定接送游客,在武隆的特有纳凉季节中,一直保持每天70余名跟团游客到天池苗寨,这还没有算上散客。游客来了后,一般住三天。2020年疫情之后,4月中旬起游客数量从恢复到6月剧增,甚至经常都会发生游客来了住不下的情况。

比如前面提到的邱靖杰想安排老同事老朋友18个人住宿,王丽最终也拿不出床位。实在没办法,邱靖杰只好自己联系旁边的高坪村一户农家乐,自己带他们去住。

我见过王丽,那天就是她给我办的民宿入住手续,当时笑嘻嘻的,很热情很麻利。

后来我才知道,拉动青壮年纷纷回村工作或者创业,后坪乡党委、政府和文凤村下了苦功。

"三顾茅庐"请能人

李小花从来没觉得自己算得上"能人"。

和老公一起外出打工十多年,在超市当售货员,日子平平淡淡的。直到2019年4月7日那天,后坪乡三个贫困村的第一书记专门跑到重庆主城来找她,还在南岸区会展中心附近请她吃烤鱼,三个大男人,每个人都满脸诚恳,着实让她受宠若惊。

其中和她说话最多的,就是文凤村第一书记邱靖杰。

邱靖杰说话,句句坦诚:"小花,我是帮扶集团驻文凤村的第一书记,村里正面临大的发展,现在需要专业的电商人才回乡来搞建设。我们几

◆ 日子如蜜甜 （刘丽佳/摄）

家单位确实把你看上了，你在重庆主城超市干了这么多年，懂电商平台操作运营，希望你能够回来一起建设家乡。"

李小花也是快人快语："回家乡我是愿意的，但说实话，我们要过日子，我还是想了解，回家以后，收入会不会比在城里面减少很多？"

邱靖杰实话实说："村里打造的这个电商平台是由公检法几家帮扶支持的，我们会想尽办法落实订单量。我们也给你算了一笔账，你回来负责电商这一块，每个月收入四五千元是没问题的。"

精诚所至，金石为开。李小花经过认真思考，决定回到位于文凤村的公检法联合电商"后山里"，卖起了后坪"山珍"。

邱靖杰他们真是舒了口气。

要知道，这已经是第五次做李小花的思想工作了。

在文凤村的脱贫攻坚产业布局中，排头第一就是大力开发乡村旅游,电商平台、蜂蜜、云雾青茶、精品蔬菜等产业作为配套。可见,请李小花牵头搞电商平台具有标杆意义。

李小花原本是高坪村人,年龄35岁,时任重庆主城某大型超市的部门经理,她性格好,为人热情,尤其对摆货铺货渠道相当有经验。为了动员她回乡,邱靖杰、刘厚勇、胡庶红这三位文凤、高坪、中岭三个村的第一书记联合出动,第一次是到她家里,高坪村第一书记刘厚勇作主讲,然后通过李小花父母拿到电话,有了第一次对话。然后一次,二次,三次……最终,高坪村的李小花来到了隔壁文凤村。

2019年6月,取名为"后山里",由李小花负责的文凤村第一个电商平台正式开业。

李小花回乡具有明显的带动效应,给村民的直观感受:原来,我们在村里也可以进货发货,也可以现场销售,也有自己的账目管理行家。除此之外,村民还在李小花的日常工作中学到了专业的包装陈列和服务规范知识,全村的服务接待水平立竿见影,大大改观。

那天,我在文凤村随处转悠,心里头对李小花特别好奇,很想见一见,但没见到。后来问邱靖杰,才知道李小花已经被"抢"走了。

没错,就是"抢"!

事情的原委是:2019年底,高坪村重新选举村支部书记,名声在外的李小花自然成为话题中心,大家一致推选她当村支书,理由特别"不讲理"——我们高坪的能人,就得回高坪来领着大伙干!

2020年1月,李小花回到高坪村当了村支书,回村那天就像众星捧月。

问题来了——那文凤村电商平台又怎么办呢?

这又得说回李小花。

原来,李小花早在2012年6月就入了党,多年的人生历练让她懂得,对文凤村的电商服务这一块,自己承诺了的就必须承担。虽然回了高坪,但她得加紧培养接班人,仍然兼电商平台店长,只是把日常管理服务和现场售卖交给了新接手的王印。

像王丽、李小花这样的情况,并非孤例。在外就是个打工人,一回乡就成了能人,文凤村的法宝其实一点不神秘,就是那四个字:筑巢引凤。

说到底,就是先把脱贫攻坚的各种基础工作做到家。

磨破嘴皮之后

有一次,我给城里的朋友说起文凤村的种种变化,情不自禁用了"惊天逆转"这个词。当时潜意识里面,觉得他们就像是在进行一场大赛,从比分远远落后,到后来居上。

◆　生活红似火　(张清善/摄)

文凤村确实是在和贫穷比赛,和苦难比赛,和时间比赛。

潘军对此记忆特别深,因为他是村里最早站在起跑线上的一个。

令他最难忘的一幕出现在2019年9月17日。那天,文凤村锣鼓喧天、载歌载舞,后坪苗族土家族乡天池苗寨正式开寨,其中一个亮点,就是重庆市武隆区苗情乡村旅游股份合作社成立,潘军当选为理事长。

合作社以整租方式,把入社44户村民的闲置老屋统一改造成民宿,以"合作社+农户"的合作模式抱团发展。村民不出钱也不参与经营,除了有固定租金收入,年底的股份分红又是一笔可观的收入。这等好事,让众人乐开了花。到2019年底,合作社定向分红53万元,剩余利润资金用于改善基础设施、增加苗寨进一步发展需要。那一次,分红最高的村民居然拿到了3万多元,村集体经济收入破天荒第一次冲上10万元高位,曾经的"空壳村"开始奋飞。

而这背后一个不为人知的情节是,本来在重庆城日子过得风生水起的潘军,其实是被人磨破嘴皮给说服回村的。

跟他翻来覆去磨嘴皮的人,就是邱靖杰。

34岁的邱靖杰派驻文凤村之前,是市检察院第三分院的一名检察官,进村那天,满村空空荡荡的情景让他异常震惊——当时全村1328人,建卡贫困人口(含建卡脱贫户)就有289人,贫困发生率达到21.8%,村集体账为负债,全村产业为零,名副其实的"空壳村"。

邱靖杰问村干部:"村里在家的年轻人,现在有多少?"

村干部指指邱靖杰:"邱书记,你就是我们村最年轻的人。"

从此邱靖杰天天都在琢磨,怎么样才能把青壮年再拉回来,但难度之大,实在超乎想象。渐渐地,邱靖杰悟出了道道:土家族和苗族聚居是文凤村的一大特色,苗寨的井干式吊脚楼极富民俗民风,2016年11月,文凤村曾被国家住建部和文化委列入第四批"中国传统村落"目录。反复调查研究之后,重庆市委政法委扶贫集团将文凤村的产业发展定位为重庆天池苗寨乡村旅游示范点。

找到了发展方向,邱靖杰摸破脑门,第一个要"拿下"的人,就是潘军。

和潘军到底打了多少回"嘴皮仗",邱靖杰已经说不出个准数,但2019年2月的那一次电话,他一直没忘。

邱靖杰说,潘总,文凤村要出大手笔了,需要你来领头,你有这个能力。

潘军说,邱书记,我是土生土长的文凤村人,我晓得村里的底子,没法搞。

邱靖杰说,我知道你现在重庆一家消防公司当分公司经理,月收入过万,一家人日子也滋润。但村里确实需要你,你曾经也当过文凤村的村支书,懂管理,能力强,我们一起来干,一定有信心也有办法实现产业

◆ 欢歌山水间 (傅念/摄)

◆ 嘱托记心头 （陈伦双/摄）

目标。

潘军心里头想的是，我每月工资都是1.2万元，你要我回来，凭啥子？碍于情面，这句话没说出口。

邱靖杰为了说服潘军，事先还书面设问题列提纲，做了各种疑难应对准备，铆足了劲要说动潘军。说到动情处，邱靖杰一席话掏心掏肺："潘总，文凤村毕竟是生你养你的家乡，现在全力发展旅游产业，箭在弦上，前景可期。你回来在家门口创业，从乡里到村里都全力支持你，还能照顾一家老小，人生难得几回搏，这一次，就是你人生中最大的发展机遇呀！"

潘军沉默，最后勉强答道，那这样嘛，我先回来看看。

不久后回村，潘军和邱靖杰作了好几次长谈，内心慢慢触动。2019年9月，历经辛苦筹备，村民一致选举潘军当了武隆区苗情乡村旅游股份合作社理事长，月薪为5000元。

前不久,我和邱靖杰聊起潘军的回乡话题,这位年轻的第一书记仍然感慨:"当时在发展苗寨旅游的时候,领头雁必须要年富力强有能力的人。在经过多次面谈之后,潘军终于下定决心回村,当起了天池苗寨旅游的领路人。"

我问起潘军回村的示范效应,邱书记告诉我说,潘军为了天池坝的发展,充分发挥党员的先锋模范作用,在迁坟与征地上带头,协调全面,其他人也都跟着一起干。迁坟,征地,他都是第一个从自己开始带好头。理清管理,整治人居环境,潘军经常开会到凌晨,使得苗寨旅游一步一步打开局面。

从2019年起,文凤村的回乡青壮年渐渐多起来,他们中好几位笑容可掬的待客情景,我都亲眼见过——

热情洋溢、能说会道的胡天蓉今年35岁,现在是文凤村第二家电商平台"苗王寨一品乐"的主管,她能够回村,是因为邱靖杰好多次和她恳

◆　倚栏望云归　（张华/摄）

谈；40多岁的罗元发两口子，十多年来漂泊在江浙打工，回村后利用自家老屋又办民宿又开烧烤店，月入过万，忙得需要女儿女婿回家来当帮手；30岁出头的颜波夫妇有做面条的手艺，2019年9月成为引进的回村人才，面条卖成了文凤村风景，月收入在8000元以上。还有张跃华、余和、田小清、窦秋俸等人，是家乡各种硬件设施的不断改善，让他们一个个从遥远的他乡回归。

到2020年8月，已经有80余位青壮年回到村里创业或者工作，占全村总人口的15%左右。这个红火的场面，以前简直难以想象，甚至可以说是个奇迹。

青壮年回村了，灰姑娘变白天鹅的故事，芝麻开门的故事，天方夜谭的故事，天天在文凤村上演，成了寻常事。

歌声和笑声，让海拔1100多米的天池苗寨越来越热闹了。田园牧歌游艺区，民宿住宿区，苗医苗药体验区，高山美食加工区，民俗观光体验

◆　红色印迹香　（傅念/摄）

区,儿童乐园游戏区,让人眼花缭乱。古老的苗家榨油坊、酿酒坊,小河边的风车,松林下的茶肆、酒店和练歌坊,犹如这个山乡正在经历的奇幻之旅。

已经脱贫的文凤村先后获得"重庆市历史文化名村""重庆市特色景观名村""中国绿色村庄"等称号。2020年8月,文化和旅游部、国家发展改革委发布了第二批全国乡村旅游重点村名单,文凤村成功入选。

此情此景,尤其让一个特殊的人群眉开眼弯,比啥都高兴,他们就是村里的留守老人。

文凤村目前60岁以上老人有235人,在全村人口中占比17.66%,多年来他们成了一个特别孤独的群体。而今,随便走近他们当中的一位,比如90岁的龚贵碧、曾世进,比如85岁的代宗科、何克科、李登玉、黄华书,你能看到的情景,多是他们正咧嘴直乐。平时,老人们说得最多的一句话就是:"娃儿些都回来了,这个穷山村硬是留得住人了。"

每天接近晌午,正是彩霞飞舞的时候,85岁的罗兴文老人喜欢站在窗口,看着旅行社的大巴车一辆接一辆,开进村子里头。南来北往的游客成群结队走下来,一路叽叽喳喳,满眼都是惊喜。

住在文凤村的乡亲,世世代代没见过村里这么喜气洋洋。

(作者系重庆国学院院长助理、重庆市散文学会副会长、重庆市渝北区作家协会副主席,代表作品有长篇小说《三张脸》、中篇小说《罗布泊的枪声》、短篇小说《老虎来了》、散文集《外婆的秘诀》,散文作品曾获第七届中国作家剑门关文学奖一等奖。此文刊登在《当代党员》2020年第23期)

云上苗寨之魂

丁友成

空间在时间的坐标里绽放光华,后坪乡文凤村近三年可喜可贺的变化,就足以证明这一点,且留下了深深的脱贫致富印记。那么,是谁使云上天池苗寨发生了巨大变化的呢?下面请看笔者的扼要描述。

——题记

蓝天白云,映衬着绿水青山的苗乡,其风景,如诗如画。

中巴车在新铺就的山间柏油公路上欢跑,远离闹市,空气是那么的清新。我的心也随之跳动。窗外的迷人风景映入眼帘,一闪即逝,令人目不暇接。此行是应邀赴重庆武隆后坪乡文凤村天池苗寨采风,重点采访脱贫攻坚的真实情况,欲知详情,还得从头说起——

　　前不久,我采写了一篇题为《邬亮和他的同事们》的微型报告文学,侧重反映了市卫健委扶贫集团驻黔江金溪镇扶贫工作队联络员邬亮的典型事迹。这次去武隆,主要是到后坪乡文凤村苗寨去感受脱贫攻坚。7月中旬,一个阳光灿烂,百花争奇斗艳的上午,我们一行十多人乘坐的考斯特中巴车刚驶离渝中区,同车的市检察院机关党委办公室副主任陈伦双就担任起了向导。他,三十七八岁,瘦高个,鼻梁上架着一副金丝近视眼镜。他说:这次有幸请到诸位散文家和专家学者到苗乡,参加"脱贫攻坚采风"主题党日活动,主要是借助文化力量,为脱贫攻坚最后冲刺阶段,秉笔直抒胸臆,妙笔点化铸魂……

　　从他简略的介绍中,我了解到:后坪乡是重庆市委政法委扶贫集团定点帮扶点,而文凤村原是一个深度贫困村,现在却发生了翻天覆地的变化。陈副主任就是市检察院专门负责上下联络的扶贫干部。此时,我在心里喃喃自语,文凤村真有他说的那么好,会不会有些夸张?难道他

◆　山路弯弯　(范光富/摄)

们比黔江金溪镇扶贫工作还要干得出色？不会吧，人家可是市里挂上号榜上有名的先进集体。不管怎样，耳听为虚，眼见为实，到实地走访后就知道了。

大约三个半小时后，我们来到了后坪乡的天池苗寨。出迎的是驻村第一书记邱靖杰（重庆市人民检察院第三分院事务保障部副主任），他上车后，给我的第一印象是：1.75米左右的个头，皮肤黑里透红，长得虎背熊腰，尤其是他那双炯炯有神的眼睛，直觉告诉我，他是一位睿智而又粗中有细的角色。

我还来不及问话，陈副主任就介绍道，邱书记扶贫工作近三年，收获满满，不仅扶贫工作干得好，而且妻子还为他生下了一个胖宝宝。就是妻子住院分娩，他也只向组织上请了三天假，由此可见，他一心扑在脱贫攻坚工作上。此刻，邱书记打断陈副主任的话，嘶哑着嗓门，十分谦逊地说，谬赞了，谬赞了。现在，我还是讲讲天气吧！早上，天空晴朗，我在想可能是各位作家给苗寨山乡带来了温暖。可是，刚才天上云彩聚散，又飘飞着零星的雨滴，我想苗寨应该有润泽的雨露欢迎大家吧。他幽默的话，一下子就把全车的人逗乐了。认为这位驻村第一书记身上，一定有着值得挖掘的闪光点。正因为如此，我便有了写意的激情和创作的冲动。

自古以来，能让老百姓过上好日子，就能得民心得天下。中国上下五千年，文明历史悠久。远古不说，单就汉、唐、宋、明、清，五个朝代，就有三天三夜讲不完的故事。就拿唐朝来说吧，前后三百年，鼎盛时期，国泰民安，生活富足。社会沧桑巨变，近代以来，尤其是清朝政府的腐败无能，帝国列强豪取强夺，年年战乱不堪，使中国人民陷入苦难的深渊。1921年中国共产党成立，使劳苦大众重新看到了崛起的希望。全国解放后，人民站起来，翻身做了国家的主人。新中国的面貌焕然一新，特别是改革开放四十多年来取得了举世瞩目的成就。而今天，要实现中华民族伟大复兴的中国梦,乡亲们就会过上更加幸福的日子。此时,习近平总书记的话又回响在耳旁:"人民对美好生活的向往,就是我们的奋斗目标。"

邱书记陪同我们参观的途中,他手指着山坳上几户人家说,刚来文凤村的一天下午,他和同事冒着倾盆大雨,深入农家召集开会,动员群众免费领鸡仔,科学养鸡的事。一开始,无论说什么,群众都没几个愿接受的。他们耐心细致地讲想要脱贫致富,必须接受新生事物。后来,一位家族威望很高的老人说:那就试一试吧!才打破了僵局。如今,村民们养鸡尝到了甜头,得到了经济实惠,好多家庭每年好几万元的收入,笑得连嘴都合不拢。邱书记还颇有心得:只要你带着真感情来,把村民们传统心结打开了,脱贫道理讲透彻了,观念转变了,问题也就解决了。

入寨的这则小故事告诉我们,只要功夫下得深,铁棒也能磨成针。

◆ 苗家刀山 (袁兴碧/摄)

此次采风,我们先后参观了高山民族风情场镇,文凤村便民服务中心,苏维埃政府史迹展览馆,天池苗寨文化广场,洪山湖生态休闲园,还登上能俯瞰全村风貌的观景台。所到之处,耳闻目睹的事实,无不令人感动,令人心花怒放。是呀,过去扶贫靠吃救济,无法摆脱老百姓贫穷现状,小敲小打,不痛不痒的扶贫,也无法从根本上改变乡村的落后面貌。而重庆市检察院提出的"法治扶贫,文化惠民"主题,就独具特色,以原始自然资源,打造"农文旅"风光。只有这样,才能从根本上让村民们过上幸福的日子。也只有这样,才能让这一片昔日荒凉的土地,焕发出泥土的芳香。

在参观初具规模、错落有致、古香古色、宽敞明亮的民俗村时,在苗寨山歌传承人潘学周、刘远银夫妇家门口,大家再一次在现场感受到了苗寨山歌的魅力。事前,老两口听说要来客人,便身着节日盛装,饱含深情地为我们奉献了一曲自编自演、原汁原味、赞扬党的富民政策的山歌,可谓天籁之音。他妻子说:"我唱歌,是跟老头子学的,因他是当地有名的歌王。"感动之余,我上前与二老合影留念。在参观苗寨的路上,我听说市检察院陈副主任,在三年不到的时间里,已深入后坪乡十七次之多。这是何等的感情融入啊!据了解,他是城口县大山深处走出来的小伙子。童年家境贫寒,读书上学也得到过政府和一些好心人的资助,如今他要尽其所能,履行职责,回馈社会,回报贫困的山民。

在路过一家面坊时,听见机声隆隆,我便好奇地走了进去。但见一对身着民族服装的年轻的小两口正在按程序,有条不紊地制作挂面。帅哥姓颜,靓女姓周。一打听才知,他俩是同乡,原来都在广州和山城打工,是去年被扶贫工作队动员回村搞实业的。小周心直口快,毫不掩饰道:"在外打工,每月挣的钱比现在制作面条和开面馆多。但是,那毕竟不是长久之计,在陌生的地域,总有一种背井离乡的感觉。现在孩子十岁上小学了。回乡创业,既能照顾双方老人,又能辅导孩子,真是一举两得,全家暖意融融。再说,政府给了不少优惠条件,不返乡建设自己美好的家园都说不过去。眼下虽受疫情影响,节假日双休日到此的游客不算多,可我始终坚信,今秋和明年的春秋旅游旺季,天池苗寨一定会有很多游客,我们的生意,一定会越做越红火的。"说这席话时,她的脸上洋溢着几分骄傲和自豪。

听罢小周的陈述,我觉得这就是新农村的佼佼者,他们不负韶华,勤劳致富。在贫困山区,太需要这样的有志青年回乡搞建设了,他们才是苗寨的主人,才是苗乡的未来和希望。在干净整洁、宽敞明亮的村民综合服务大厅,除了一位中年村妇联主任正伏案工作外,我还见到了一名刚毕业的女大学生。妇联主席说:"她是热爱家乡的娇阿依(指漂亮女孩),去年一毕业就返乡从事这项服务工作。村民来办事,我们都会热情周到服务,群众满意是我们的目标。"在她们办公的柜台上,我看到了浅显易懂的人力社保扶贫政策《明白卡》。

◆　木器非遗　(傅念/摄)

　　记得当日下午五时许，在我们登上观景台欣赏全村风景时，邱书记手指对面葱郁人头山下那一片片波浪式的梯田道："大家看，像不像一只巨大的凤凰身上，一层层五彩斑斓的羽毛？"我答，像，像极了，正在涅槃浴火重生，翱翔蓝天哩！在村上的儿童乐园，我还看到两位年轻漂亮的幼师正带领着二十多个幼儿做游戏，从他们天真无邪的笑容里，我仿佛看到了苗寨灿烂的明天。心里想，这不就是一只只雏凤，待羽翼丰满时，他们一定会高傲地飞向新的天地！在苗寨，我对高山峡谷的太阳湖和月亮湖情有独钟，当碧蓝的天空，葱郁的大山，清澈的湖水，与全新的苗寨交相辉映时，简直就是一幅浓墨重彩的山水画卷。

　　下山后，在驻乡工作队队长刘千武、驻村第一书记邱靖杰的陪同下，还特意到贫困户何祖华家进行了慰问，发放了慰问金。当时，老何十分感动，连连说："感谢党，感谢政府，要不是你们像亲人一样真诚真心帮助，我家的日子真的没法过了。"刘队长扼要介绍说，前几年，老何的老婆不愿继续跟着他过苦日子，就跟别人跑出了大山，狠心撇下两个儿子和一个女儿，大的十五岁，小的十岁。他还说："老何是个地道的老实人，很勤奋，每天早出晚归，干活从不讲价钱。对这种特困户，我们实施了重点帮扶，如今他在街上买了三间商品房，生活状况大为改观。现在，他唯一的诉求想法是想把孩子的妈妈找回来。"

　　这时，随行的南风爱心助学协会糜建国会长情不自禁道："我们协会这些年，已先后资助过近五百名中小学生，老何，你这三个娃娃今后上学的费用，你就不用操心了。还有，你大儿子的虎牙问题，近期，我会联系牙科专家，尽快治疗。另外，我只向你的三个娃儿们提一个要求，就是经我们帮助后，要从小立志，长大后多做善事，多做好事……"

　　晚上，在"脱贫攻坚采风"主题党日会上，邱书记还邀请了两名邻驻村第一书记参加。会上，首先由工作队刘队长，村支委，陈副主任通报扶贫工作相关情况。刘队长说，过去，武隆县城到后坪乡，坐汽车需要五个

◆ 后坪坝苏维埃时期农会会旗 （李立峰/摄）

小时，而现在投资几亿元，把柏油路修好后，只需一个半小时就能抵达，你们说，精准扶贫的力度大不大？！随后大家踊跃发言。其中一位邻村的30岁左右的年轻的第一书记诙谐地说道："这次下乡扶贫，收获颇多，后坪乡一共有六个村，其中四个是典型的贫困村，我们四个第一书记，就好比是《西游记》里的大师兄、二师兄和沙师弟，师父就是工作队刘队长，他是灵魂人物，凡事由他把脉。到苗寨取经，一路充满爱心，一路充满激情，一路充满艰辛，真有踏平坎坷成大道的气势，我们觉得值了。人生有这样的经历，这样的锻炼，无疑是一笔难得的，宝贵的精神财富。"

此时，我插言道："当年作家吴承恩写的是神话长篇小说，而你们积极响应党的号召，抛家舍口，到大山里，夜以继日，不辞辛劳，是把神话变成现实的人，你们不愧是新时代最可爱的人，应该给你们点个大大的赞！"

紧接着，后坪乡精明能干的乡长刘加海站起来，首先给大家深深躬了一躬，然后有感而发。他说："乡党委书记生病住院了，我临时主持乡里工作，这次请各位文化大伽，是请对了，脱贫攻坚，最需要文化人点拨，一个没有丰厚文化底蕴作支撑的乡村，是上不了档次的。只有名家大师的帮助，才能使'文旅地标 凤栖古寨'名符其实。"刘乡长还说他已连续干了三届乡长，这几年，他亲身感受和亲眼见证了后坪乡的飞速发展，如果没有扶贫工作队，没有文化人的宣传推介，就不可能有乡村的旧貌变新颜。随后，重庆市作协原党组书记，散文学会顾问王明凯，市散文学会会长刘建春先后发言，大意是：首先，作家们是来深入生活，贴近实际向大家学习的；其次，才是用手中的笔描绘脱贫攻坚过程中典型的人和事；再有，这次采风，收集到了不少触发灵感的创作素材，回去后，相信作家们不久就会创作出一批质量较高的文学作品……

就在会议接近尾声时，有人跑来说，文化广场的苗寨篝火晚会马上就要开始了，叫我们赶紧过去。到了广场，三位师傅正在给广场中央旗杆周围的干柴点火，此刻，震荡山谷的音乐响起，歌名是《唱支山歌给党听》。节目主持人是一位身着民族盛装的小伙子。他手拿无线话筒，中气十足地说，热烈欢迎远方的尊贵客人。然后，他带着六位娇阿依迈着轻盈的舞步，缓缓走进舞池，融入到有焰火映照的欢乐的人群里。随着音乐的节拍，我们与娇阿依，与所有来此旅游观光的客人，还有一些村民群众跳起了富有传统民族特色的舞蹈。凉风习习，篝火映红了天空，大家如痴如醉地沉浸在欢乐祥和的夜里。

篝火晚会高潮迭起，精彩纷呈。文凤村党支部书记，散文学会领导，

◆　苗寨大鼓　（傅念/摄）

市检察院陈伦双副主任和郑劲松教授作了饱含深情的发言。陈副主任的即兴讲话，让我非常感兴趣。他声音洪亮地说："我也是大山里走出来的孩子，深知乡亲们生活的艰辛。现在有党和政府的扶贫关怀，作为帮扶的同志，我们会竭尽所能做好帮扶工作，让苗寨人家的生活，就像这堆熊熊燃烧的篝火，越烧越旺……"紧接着，郑劲松教授即兴献词，模仿伟人毛主席的声音为苗乡群众送上了情真意切的祝福，再一次将晚会推向了高潮……欢乐的歌声仍余音绕梁，在空旷幽静的山谷里久久回荡。

当天深夜，我已准备上床休息，忽有文友打来电话，说是村上有家烧烤店不错，叫去吃点夜宵。到地一看，店内灯火通明，店主是一位中年妇女。只见她笑脸相迎，其丈夫和女儿正在厨房和炉台上忙碌着。此刻，我特别留意了一下店老板，她耳朵上戴着一副好看的金耳环。我想，这一定是苗寨上的富裕人家吧！结果，我的判断失误了。陪同我们的乡干部介绍，店主姓邹，是山里典型的贫困户之一，以前两口子都在城里餐馆打工挣钱养家糊口，勉强维持生计。2019年春，乡里、村里动员他们返乡创业，才开了这家非遗谢氏烧烤店。为了帮助他们提高烹饪和烧烤技术，乡里还专门花钱请有名的大师傅传授厨艺，才使他俩把店开得这般红火。

落落大方的小邹说，这样的幸福生活，过去想都不敢想。

据了解，他们如今一年可挣十几万元，旅游旺季的一天，小店营业额就达八千多元哩。如今，他家已提前步入小康生活。正说着，我们点的烤鱼、烤鸡已端上了桌，色香味俱全，品尝着地道正宗的烤肉，喝着冰啤酒，好不惬意，难怪他们生意这么好。此时，乡干部说道："如果你们是冬天来，准能吃上美味可口的烤全羊……"

翌日上午，同行的郑教授给山民和小孩们上了励志课。十点整，不仅来了七八十个孩子，还来了十多位家长，他们都想听听励志的故事。单就准时上课这一点，是我没有想到的。因我在20世纪70年代中期，当

◆ 文惠苗乡　法润古寨　（朱睿/书）

过插队知青,那时,生产队通知上午九点开会,十点钟能到一半的人数就不错了。在授课中,郑劲松教授根据听课对象,侧重讲述了"梦想与行动,读书与学习,爱心与责任"等内容。他绘声绘色,深入浅出,把立志脱贫致富,彻底改变家乡面貌的鲜明主题,诠释得淋漓尽致,生动感人。课堂上,他还时不时与受众互动交流,两个小时的课堂精彩纷呈,赢得台下一阵又一阵雷鸣般的掌声。有一位学生深有感触:这样的课,我们从来没听过,真过瘾!

我想,这就是文化的魅力,以文化人的大脑,使思想萌动过后,产生观念的转变,穷则思变,只要潜心努力奋斗,就不可能一辈子过苦日子。就像习总书记讲的,天上不会掉馅饼,幸福都是奋斗出来的。

此次采访中,我还了解到,7月初,武隆境内连降暴雨,文凤村一水库决堤,暴涨的山洪不仅将堤坝冲开一个大窟窿,而且已经殃及一户农家。工作队刘队长闻讯后,立即组织近百名乡村干部群众奋战抢险,从当晚九时至第二天凌晨五时,终于拉来三车沙袋堵住了决堤的口子和泛滥的窟窿,保住了坝下的公路和农家生命和财产的安全。

天池嬌阿依

◆ 苗家女儿 （傅念/摄）

午后，由于时间有限，我们坐上了汽车，准备去下一个点采访。但后坪乡文凤村给人留下了难以忘怀的印象，因脱贫攻坚，山更青了，水更绿了，尤其是父老乡亲们脸上流露的幸福之笑容，已深深地镌刻在我的脑海里……

（作者系重庆市作协全委会委员，中国铁路集团作协会员，重庆市散文学会副会长，重庆铁路地区文学协会主席，曾有散文集《生命之灯》等八部作品出版。此文2021年1月7日登载于重庆作家网）

扶贫，在高山之上
——武隆后坪见闻

李学勤

人头山来高如云
登山步道已出名
世界遗产天生成
风景独秀是后坪
……

书不表明不好听
话不分明不知音
感谢国家政策好
党的恩情说不完
……

　　82岁的潘学周和74岁的刘远银，是后坪乡一对山歌伉俪。有客人的时候，他俩穿着挂满银饰的苗家礼服，在自家的院坝笑盈盈对视着唱山

◆ 打梁盖 （袁兴碧/摄）

歌,浓郁的苗家调子,开口就来,你不叫停,那山歌会像山涧的流水,哗哗哗流淌一地。这样待客,原汁原味的苗寨土家风情,让人陶醉不已。

绕过前院,沿着凉爽的墙脚根走一段,就是刘远银和潘学周的家。跨进门槛,正巧遇见两个老人在唱山歌,潘学周坐在堂屋的小木桌旁,眼角挂着微笑,开始了男声的首唱,刘远银的声音是从厨房飘出来的。他们你唱我应,琴瑟和鸣。我们聊到后坪的过去和现在,聊到扶贫,潘学周咧开缺牙的嘴笑起来,说道:"后坪翻身了,感谢党的政策好,也全靠了扶贫队哟!"一席话,引出高山之上村民们交口称赞的武隆区后坪乡重庆市委政法委扶贫队。

三年前的后坪乡,是重庆市18个深度贫困乡之一。这里山高路远,交通闭塞,落后的思维定势和传统的耕种方式,让后坪人世世代代顶着穷帽子。旅游资源,文化优势,地方特产,红色基因,加上天赐的宜居温度,不为外界所知。村民们端着金饭碗讨饭吃还浑然不知! 2017年9月,接受任务的重庆市委政法委扶贫队正式拉开深山边远地区的脱贫攻坚序幕,三年过去了,全乡落实脱贫攻坚项目81个,"三保障"目标全面达标,全乡413户贫困户全部脱贫。2020年全乡贫困人口人均可支配收入实现12957.63元,村里实现水电进家门,光纤全覆盖,村村通公路,全乡建档立卡贫困学生实现100%政策资助,贫困人口100%参加城乡居民基本医疗保险,实现人有所居,病有所治,老有所养,特色产业的兴建保障了村民的收入,人居环境的改善提升了旅游投资价值,后坪干部群众对脱贫攻坚认可度达100%,昔日的"贫困乡村"嬗变为"重庆市最美乡村",成为重庆市脱贫攻坚示范乡,重庆文旅新地标。天池苗寨成为国务院首批全国脱贫攻坚交流基地和脱贫攻坚考察点。

刘千武,这个五官硬朗,步履矫健的驻乡扶贫队长,从特级战斗机飞行员到检察官再到重庆市委政法委扶贫集团驻乡扶贫队长,刘千武的每一个人生截图都是那么精彩。把陌生的土地当故乡,进山那天,他把自己的

◆ 拜图腾 (曹渝东/摄)

◆ 跳锅庄 （颜学伟/摄）

微信名改为"武隆后坪人"。进苗家门，办苗家事，刘千武，这个政法扶贫方队的领队，以共和国扶贫干部的忠诚，毅然扛起山区老百姓脱贫致富的责任和担当。扶贫先扶志，扶贫必扶志，扶贫必普法，扶贫为振兴，刘千武操心着后坪乡扶贫的大事小事，一颗初心，一声承诺，在翻山越岭的履痕上，在访贫问苦的话语里，被后坪人亲热地称为"我们的刘巡"。

邱靖杰，身材魁梧，身板结实，年轻的脸上总是挂着浅浅的微笑，让人感触到一种能走进心里的亲切。2017年9月的一天，晕车的邱靖杰翻山越岭加翻肠倒肚，颠簸八个多小时来到后坪乡文凤村，看着空无一人的村街和几乎没有结余的账本，一向健谈的邱靖杰沉默了。从设立旅游股份合作社到修建水库，从开设第一家药店到第一家农家乐开张，四个年头了,邱靖杰操心着这个"空心村"的每一件"家事"。而今,文凤村实现脱贫全覆盖,天池苗寨,成为后坪的"解放碑"!邱靖杰欣慰自己用青春岁月为最美乡村图上了一笔亮丽的"检察蓝"!

西游小队,这个后坪百姓口中的扶贫方队,由司检法公抽调的干部担任后坪乡四个贫困村驻村第一书记。"大师兄"杨懿,"二师兄"邱靖杰,"三师弟"周扬,"白龙马"胡庶红,他们个个武艺精湛,忠心耿耿,率领群众建产业,修公路,普法律,搞策划,工作涉及化解隔阂、整合资源、道路修缮、民宿改造、商业开发、民事调解、环境治理、人才召回等方方面面。遇到塌方了,车胎跑爆了,大雪封山了,妻儿抱怨了……尽管经历了"九九八十一难","西游小队"一路过关斩将,在大山深处演绎现代版"西游记",成为辅佐后坪乡亲们脱贫振兴的美谈。

世上没有一个面包会无缘无故地从天上掉下来。

◆ 对山歌 (黄跃进/摄)

　　刘远银是个苦命的女人,她的前夫得了癌症,在医院取掉几匹肋骨也没活过来,而家里却因此成了贫困户。这几年,村里将刘远银定为重点帮扶对象,刘远银怀着忐忑不安的心情把自家两层楼的老屋和闲置土地拿出去和村旅游股份合作社合股,前院作了天池苗寨民宿街的商店和面坊,自己住后院。2019年底,她在合作社拿到第一笔年终分红,刘远银一辈子也没有见过这么多钱,手捧厚厚的一大叠钞票,她的脸笑成盛开的金菊,悬吊吊的心踏实了。

　　在后坪,有这样一个群体,他们从政法系统各个席位走到武陵山区,他们肩负"政法人"光荣的扶贫使命,察民情,汇民意,找难点,定方略,泥一脚,汗一身,辛勤耕耘,倾情付出,会同乡政府合力破译了后坪乡的幸福密码,准确定位后坪乡"旅游+产业"的脱贫大计,他们率领群众转变思想,苦干巧干,改变了后坪乡的民生和面貌,为乡村振兴找到了活水源头。

◆　办喜事　(江泳/摄)

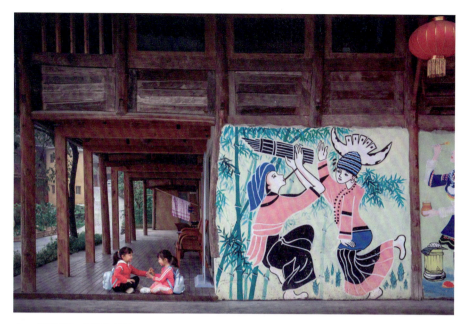

◆ 做游戏 （傅念/摄）

　　谁能想象,"鸡鸣三县"的后坪,成了重庆乡村网红旅游打卡地! 站在海拔1400米的人头山上,群山掩映下的天池苗寨,炊烟袅袅,生机益然,好一派乡村振兴的写意山水! 人头山下,天池苗寨木楼掩映,庭院花香,苗家人的甜米酒,散发出高山谷物的清香,木楼内外,苗家人淳朴而满足的笑容,让人羡慕,也让人感动。

　　（作者系中国散文学会会员,重庆作家协会会员,重庆市散文学会副会长,曾任《中国水运报》重庆记者站站长,创办重庆散文网）

后坪山歌云上来

梁奕

　　离武隆70多公里的武陵山脉云雾中,有个后坪乡,连武隆当地也鲜有人知。70多公里的车程放在主城真不算个事儿,但对于曾经的深度贫困地区,隔山隔水,交通不便,被外人所不知,完全在情理之中。

　　今年夏天,冲着"云上苗寨,幸福后坪"这个诗意的宣传语,我一下来了兴致,近三个小时的盘山公路,一路上听着车内反复播放着的民乐合奏《步步高》,望着车窗外越来越密集的苗家民宿和荷塘农田,觉得这曲子与景致简直太搭了,晕车的不适顿觉去了一半儿。

　　一进文凤村,脑子里莫名地蹦出"人间瑶池"几个字:木楼院落,飞檐雕柱,池塘花径,田园水车。村民们或在院坝里安静地翻晒包谷子,或在小路上慢悠悠地遛弯儿。廊柱下,几个大爷大妈在闲聊,一阵哄笑散开来,你推我一把,我扯你几下;田坎上,两个小孩儿在奔跑,那边木楼边有大人在喊他们回家吃饭……小村的日子就像山上流下的溪水,年复一年地叮咚流淌。

　　正流连于苗家木楼改造的民宿间,忽听得一阵山歌从山坡的那边传来。早听说后坪山歌远近闻名,在2011年就被列为重庆市非遗保护名

录,急急忙忙循声望去:只见身着鲜艳民族服饰的一男一女,正你一句我一句地为游客唱着自编的山歌:

哟嗬——

武隆山水扬美名啰,

风景独独秀后坪。

流鼻子洞通天坑啰,

它在当地最出名。

人头山哟高入云,

两千步走起好累人。

游客来了起堆堆啰,

坐在车上看风景。

张七姐配董永郎哦,

◆ 山歌润心 (江泳/摄)

鱼潜口的金鱼一群群,

老的吃了能养生啰,

小的吃了更聪明。

歌词浅显易懂,朴实生动,曲调弯弯拐拐,味道绵柔,像村民正翻晒的包谷子,浑然醇香,甩得一地"嘎嘣儿"脆响。

唱歌的一对老夫妻已年逾七旬,男的叫潘学周,女的叫刘远银,是远近闻名的对歌(两人对唱)手。潘大爷从10多岁就开始唱山歌,且有看见什么唱什么,出口成歌的本事。他说,如今党的扶贫政策好,文凤村一天一个样,原来村里穷,年轻人都不愿在村里待,文凤村成了真正的"空城"。如今的好光景,三天三夜都唱不完!说到此,他拉起老伴儿,扯开嗓门唱了起来:

潘大爷唱:哟嗬——

不唱山歌不解愁吨,

不种芝麻不打油,

不种棉花不穿布吨,

不喂蚕子不穿绸。

刘大妈接:哟嗬——

不唱山歌也解愁吨,

不种芝麻也打油。

不种棉花能穿布吨,

不喂蚕子能穿绸。

潘大爷边唱边解释,我们村现在又搞养鸡场,又种茶,又建蜂场,还搞旅游,经济发展起来了,什么都有,不愁吃、不愁穿了,你们说是不是歌里头唱的那样嘛?

　　说话间,大路那边走来一高高瘦瘦的老汉,背了一背篼刚从地里割下的红苕藤,笑眯眯地踏歌而来。

　　哟嗬——
　　什么岩上盘脚坐喂,
　　什么岩脚织梭罗?
　　什么会打连天鼓喂,
　　什么会唱五更歌?
　　……

　　有人在喊,他就是后坪山歌市级非遗传人曾世红!人们围了过去,曾老汉卸下背篼,进屋洗了手,换了一件干净衣服,出门就向游客拱手:

◆　山歌传佳音　(刘成平/摄)

"莫忙,等我把刚才的盘歌(一盘问,一作答)唱完嘛!"

哟呵——
猴子岩上盘脚坐喂,
蜘蛛岩脚织梭罗。
缺妈会打连天鼓喂,
公鸡会唱五更歌。

曾老汉的山歌敞亮、婉转,歌声穿透了山间的薄雾,抬眼一望,门前的太阳湖仿佛也被唱亮了,屋后的人头山也被唱绿了。

曾老汉在石桌子旁坐下来,慢慢地讲道:"我从几岁就跟着爸爸唱苗寨山歌,虽然那时候不太明白歌词的意思,但却非常喜欢。几十年来我整理和自己写的歌,有好几摞呢!"曾老汉是个全能型的山歌王,不仅会拉二胡,还会打山歌锣鼓,不仅自己在区里乡里拿了比赛奖项,还收了不少的弟子,让苗家山歌星火有续。

说起后坪乡和文凤村的变化,曾老汉提高了嗓门儿,加快了语速。他说,文凤村2017年开始打脱贫攻坚战,成立了村经济发展合作社,由合作社牵头组织乡村特色农副产品的生产和销售;在保持苗寨木楼原有风格的基础上,改建特色民宿,发展乡村旅游业,村民自愿入股加入合作社。村党支部争取来的资金,让加油站开始加油了,柏油马路也通车了。村民的年人均收入从2000多元增加到去年的近9000元。说到此,曾老汉停了一下说:"我还是唱支山歌吧!"

锣鼓敲起咚咚响,
敲起锣鼓唱哪样?
不唱才子与帝王,

苗家山歌传
承人潘学用
刘远银书念
庚子夏石珺识

鑼要打鼓要敲打鼓敲鑼苗家山寨好热闹

◆ 山歌浸书香 （石珺/书）

就唱后坪好风光：

一唱后坪山巍峨，

高耸入云通天河，

王者天尊称雄奇，

神仙居此建楼阁；

二唱后坪水清清，

秀美风光映倒影，

青山处处泉水响，

龙女恩惠众乡亲；

……

四唱后坪坑连坑，

悬崖绝壁深又深，

无限风光在险境，

天下第一世界称；

五唱后坪空气新，

清新空气能养生，

鹤发童颜皆常见，

南极仙翁来凡尘。

……

九唱后坪工艺品，

民间工艺手艺精，

就地取材竹木料，

产品出来形似神；

十唱后坪土特产，

品种繁多数不完，

茶叶竹笋冷水鱼，

天麻三七半截烂（一种药材）。

当晚，一行人入住苗寨木楼。入夜，山气氤氲，似云似雾的一层又一层白练，从山顶绕着山腰滑落下来，不一会儿罩着了整个寨子，远远近近竟如仙境般迷人。突听得楼下院坝里有嘤嘤嗡嗡的歌声漫上楼来：

山歌好唱哟难排头，

木匠难起哟转角楼。

石匠难打石狮子吮，

铁匠难穿铁绣球。

连忙下楼寻找歌声。只见回廊一角的灯光下，一对老夫妻正在一个脚盆里泡脚，老大妈不时地浇起水淋在大爷的脚背上，为其揉搓。一个约四十出头的男子不停地往脚盆里掺热水，一时被眼前的温情一幕感动着，站在原地竟迈不开步。

后来知道了，大妈名叫陈永碧，81岁，老伴儿姓杨，84岁，老两口有三儿一女，平时他们与幺儿住一处。幺儿媳妇是云南昆明人，懂事、孝顺、能干，两个孙子长得伶俐又帅气。我们住的这个两层一底的木楼是他们家的私产，2019年4月在合作社入了股。一、二楼一家六口居住，三楼的几间房打造成了民宿，一年下来收入不错。底层正中的堂屋改建成了小酒坊，以销售苗家米酒为主，各色酒瓶琳琅排列，浓郁的酒香溢满了庭院。院坝中央停放着一辆白色的东风越野车，小杨每到临近开学就会送大儿子去武隆上中学，有时候去区里，甚至去重庆主城进点货。

酒香中，一家老小轻轻地说着话，互望着微微地笑。远处只有山影在与他们对视，近处只有夏虫在跟他们唱和。当我提出想听山歌时，大妈爽快地开了口：

太阳出来照白岩，
白岩脚下牡丹开，
先开一朵梁山伯，
后开一朵祝英台。

◆　翰墨润山乡 （陈伦双/摄）

大田栽秧行对行，

三路青来三路黄，

秧子叶黄欠粪水，

情妹脸黄欠情郎。

阳雀叫唤李桂阳，

情妹敬酒当衣裳，

今哥出门把钱找，

明年娶妹进洞房。

竹椅上的大妈满脸的皱纹缠成了线团，但眯缝着的双眼中有星星的光在闪动，嘴角上分明泛起少女般的喜悦和羞涩，让我一时间生出许多的恍惚。我知道后坪乡文凤村今天的景象，是她当姑娘时做了千百遍的那个美梦的真实重现，我从她的笑容里读到了平静、安逸、满足和幸福。

◆　山乡迎盛会　（陈伦双/摄）

◆ 夫妻开面坊 （陈伦双/摄）

转眼就到了要告别苗寨的时候,奇怪的是,我总觉得有什么东西落在了那里,是什么呢? 是田畴花丛,亭台楼阁间浪漫的遐想,是雨水打湿的青石板路上惬意的漫步,还是朴实真诚的村民给予我的那份心灵的怡然、宁静与平和。

现在,每当打开电视机,听见每晚CQTV介绍重庆的风光片中传出"山歌不唱喂,不开怀啰"的声音时,我总是会想起离主城200多公里外,武陵山喀斯特拥挟中的那个苗乡,那个被山歌浸泡过的美丽干净的山寨,那些生活在白云之上,人间仙境里朴实的村民!

（作者系中国散文学会会员,重庆作家协会会员,重庆散文学会副秘书长,多次获得国家及省、市级各类文学创作奖）

云上后坪那些光亮

邹安超

一

去过武隆多次,对仙女山也熟悉。对后坪,的确很陌生。

"这么说吧,仙女山是世界自然遗产,去那里更多是感受风景;到后坪,不仅可看风景,还可品人文。仙女山与后坪就像孪生姐妹……"重庆市人民检察院机关党委办公室副主任陈伦双,是一位优秀的向导,一边给我们宣传后坪的人文美景,一边给我们介绍后坪乡脱贫攻坚开展情况。

如此一说,采风团一行9人,瞬间增加了无限兴趣。

"后坪乡远不远?"

"远。"

位于武陵山与大娄山深处,是武隆区最偏最远的乡镇。脱贫攻坚行动未实施前,武隆城区没有直达那里的公路,要到后坪只能从邻近的彭水、丰都、涪陵绕道,再花上6小时才能到达。出发前,还得反复向三地的

文旅地标　凤栖古寨　（张家益/书）

熟人打听,今天走哪边才能过去?

崇山峻岭的崖壁沟壑中"凿"出来的道路,受山体滑坡、滚石山洪、路基坍陷等诸多因素影响,让原本就不太通畅的交通时常阻断。

在扶贫集团努力下,双向两车道的柏油路从武隆城区直通后坪,用时缩短到两小时内。

我们从重庆主城出发,下午3点半到后坪乡文凤村的"天池苗寨"。世人称"云上苗寨"。

陈伦双副主任这样形容:如果把后坪乡比作重庆城区,文凤村就是渝中区,天池苗寨就是解放碑了。

哦,中心的中心。

走到苗寨中心位置的太阳湖边,有对夫妇,是当地山歌传唱人,他们正在对歌:

"女儿大了要嫁人,男人长大要出门。哪用出门带锅灶?哪用远行背铺陈?渴了喝口山泉水,饿了敲开苗家门。客人进屋莫黑脸,锅里多掺一瓢水。"

……

歌声质朴,是流行的原生态唱法,唱山歌的夫妇打扮也很素朴,歌词内容更是表现出苗家人的善良淳朴。

苗家山歌是重庆非物质文化遗产,已有几百年历史,是山里人之间交流的独特语言。其唱法随性,歌词灵活性也较大,没有固定套路,可以随心所欲地唱。唱劳动,唱丰收,唱男女爱情,唱家长里短……

寨中人说,苗寨还有两个湖,"太阳湖"和"月亮湖"。它们是阴与阳的代表,也是男人与女人的化身。湖是苗家人心中的神湖,视为图腾和一种精神向往。

"我们这里不光有山,有水,有山歌,还有传说嘞。"

在湖边溜达时,看见太阳湖边的石碑上雕刻着这样的故事:玉帝女儿绿衣仙子张天羽念及人间美好,趁夜偷渡到凡间在月亮湖洗澡,被在太阳湖边纳凉的董永瞧见,由此私订终身,幸福地生活在天池苗寨。

陈伦双副主任告诉我们:"后坪山美水美人也美。"身处其中,我们深信不疑。

7月的后坪,清风徐徐,满目葱郁。云雾缭绕中,青山悠悠,苗寨如画。绿翠屏、万花丛、青石板、古驿道、小青瓦、吊脚楼,满目皆是天然的水墨画。

汽车翻越时,看到山下的木棕河,它粗犷温暖的怀抱,接纳着山泉飞瀑的滋养与润泽。传说中的云上民族,就世世代代在这里春耕、夏耘、秋收、冬藏。

与丰都、彭水两地接壤,"一脚踏三县,鸡鸣皆可闻"的重庆市武隆区后坪苗族土家族乡(简称"后坪乡")离武隆城区108公里,面积87.3平方公里,平均海拔1200米,森林覆盖率57%,自然风光秀丽、生物资源多样、立体气候明显。这里有世界唯一的冲蚀型天坑群世界自然遗产、亚洲最长溶洞、原始森林、石林等十余处串珠式景点;是乌江支流木棕河发源地;原川东地区第一个苏维埃政府所在地。

后坪是少数民族之乡、红色政权之乡、世界自然遗产之乡,还是一个有众多民俗民间文化的地方,是发展康养、避暑、研学等生态旅游的宝地。

美丽且有着"云上苗寨""山中聚宝盆"之称的后坪乡,辖6个行政村,有4个为重庆市级贫困村;全乡总人口7319人,1845户;2014年识别建卡贫困户379户,1512人。因在崇山峻岭之中,基础设施和各项民生事业均较差,人均收入低,2017年被重庆市委、市政府确定为全市18个深度贫困乡镇之一,贫困发生率20.7%。

由此,我想到《继光村的脱贫之路》中有这样的描写:

一条水渠,对他们来说有多重要?

有了它,大山深处的村庄焕发出蓬勃生机。

一条网线,对他们来说有多重要?

◆ 碧空如洗 (李柏阳/摄)

让崇山峻岭里的土特产成了大城市餐桌的抢手货。

……

生活于城市中的我们，难以理解大山深处的后坪乡原来那种交通靠走、通讯靠吼、治安靠狗的贫穷与窘困，更无法理解这里的群众想要发展却不能发展处处受阻的憋屈与无奈。

逃离和背井离乡，是后坪乡青壮年为了生存和发展最直接最简单的方式和途径。可逃离与背井离乡，又给后坪带来更大的贫困与伤害。

为决胜全面小康，重庆市委、市政府将18个深度贫困乡镇作为脱贫攻坚的重中之重，分别由市领导担任指挥长，对贫困乡镇实行"一对一"定点包干，全力推动脱贫攻坚行动。

打赢脱贫攻坚战，是时代的呼唤，国力的彰显，也是"后坪人"必须树立的信心和决心。

"在脱贫攻坚行动中，后坪无疑是贫中之贫、困中之困，也是减贫的难中之难、坚中之坚。"陈伦双副主任告诉大家。

后坪，成为脱贫攻坚主战场。2017年，重庆市委政法委扶贫集团对口帮扶后坪乡，吹响深度脱贫攻坚战号角。

"到后坪去，到群众中去，与他们心连着心"成为扶贫集团每个人的座右铭。这一年，扶贫集团每一位党员干部对标对表"两不愁三保障"和"深度贫困乡脱贫摘帽"目标，按照时间表、任务书，怀着召必战、战必胜、众志成城、坚定不移的决心，投入攻坚行动之中。

交通条件得到极大改善，产业发展渐入佳境，人居环境得到全面治理，美丽乡村成为脱贫攻坚和乡村振兴最大的"靓色"和"底板"，"穷乡僻壤"换上新颜。2019年全乡农民人均可支配收入13566元、增长13.2%；贫困人口可支配收入9907元、增长21.3%，全乡贫困发生率降至0.05%。

山再高，高不过扶贫人的智慧和头脑；水再深，深不过扶贫人与群众之间的情深意长；歌再好，好不过群众对扶贫干部掏心窝窝的赞美与歌唱！

曾经的大学生、研究生、博士生,检察官、飞行员……他们甩掉一切荣耀与光环,转而化身唯一身份:"新农人"。

"云上苗寨"的文凤村,这个"中心的中心",更是"困中之困""坚中之坚"。

重庆市委政法委扶贫集团成员单位,重庆市人民检察院对口帮扶该村,检察官们用已所知、所长、所专、所能,用集体的智慧和头脑,成就一个又一个"金点子"和"锦囊妙计",给文凤村人送去一束束光亮,指引着村民奋蹄疾行,积极投身文凤村的建设之中,让这个深度贫困乡的市级贫困村焕发出勃勃生机,让"云上苗寨"不再是水中月,镜中花,成为实实在在,真真切切的"幸福桃源,人间福地"。

他们用行动和真实数据在诠释:14亿中国人,小康路上,不让一个人掉队!

◆ 党建结对 （刘东/摄）

二

一万米的高空有多远？

它是"天之骄子"翱翔蓝天的梦想！

曾经的特级战斗机飞行员、现任市检察院第一分院二级巡视员的刘千武，就这样从万米高空一个"猛子"扎向了深度贫困乡的后坪。

脱下戎装，穿上检察人的服装，他军人的气魄与风范仍旧不减。

2019年，按组织要求，须派驻一名领导坐镇指挥后坪乡脱贫攻坚工作。

"刘千武同志，经组织研究决定，你去担任重庆市委政法委扶贫集团驻后坪乡工作队队长，有什么困难和想法可提出来，组织想办法解决。"

领导们有思想准备，给足刘千武思考的时间，等待着说困难，抑或等待着提要求……

两秒钟不到，坚定的声音在耳旁响起：

"请组织放心，请领导放心，保证完成任务！"

响亮、干脆，铿锵有力。虽然，他离开翱翔了28年的蓝天，脱下军装回到政法系统工作，军人的担当，军人的果敢……在即将踏上脱贫攻坚主战场时，依旧那么有风采！

新的任务，新的挑战，需要新的智慧，新的要求。

一切从零开始。

"激发内生动力是脱贫攻坚的前提和关键。"这是刘千武恶补党和国家实施脱贫攻坚政策之后得出的结论。

要破除后坪的贫困问题，首先就要拔掉贫困户思想中的"穷根"，实现"精准脱贫"。

实施"精准脱贫",不光是一句口头禅,要真抓实干起来,才能确保全民奔小康路上不落下任何人。

自从接受军令状,刘千武便没有了周末和节假日,整个人扎在后坪乡,原本精干俊朗的刘千武,皮肤黝黑,眼窝深陷,把他与当地村民放在一起,谁也不会想到他是一个市级机关的厅级领导。重庆主城的家,也不知道有多少个周末没有回,国家法定的节假日,也不知道上一个休息的时日是哪日哪月。

"做人无愧于心,做事无愧于人。"他说。脱贫攻坚的责任,在他心里"大"过亲人、子女……家庭该承担的责任和义务,全交给了妻子。

可他对后坪乡的脱贫攻坚工作,却丝毫不懈怠。带领扶贫集团的所有成员,走村入户调研,分门别类建档,深度座谈交流,帮扶措施制定等等。

通过摸排了解,后坪成为重庆市级贫困乡,虽有地理环境影响的客观原因,一些人不思进取,争穷比穷,躺着当低保户,懒惰思想严重,这也

◆ 湖光潋滟 (张华/摄)

是一个重要原因。

"如果不能激发群众的内生动力,'要我脱贫'的懒惰思想就会根深蒂固。"刘千武深深意识到。

扶贫路上最难啃的"硬骨头"就是村里的"懒汉",要把懒人变成勤快人,并非那么简单。

必须扭转观念:"要我脱贫"成为"我要脱贫"。

"'志智双扶'是突破。"刘千武坚定地提出。

《人民日报》曾有评论:对这类人,首先解决好头脑中的贫困,才可能实现"弱鸟先飞""至穷致富"。

如果说上级政策是牵引力,外部帮扶是推动力,那么,贫困群众自身的脱贫志向,是不可缺少的内生动力。

面对困难,刘千武敢"啃"硬骨头的军人作风体现得淋漓尽致,他告诉扶贫集团所有成员:"遇到困难,我们不能自己被吓倒,只要有信心,后坪的绿水青山,一定会变成金山银山。只要精神不滑坡,办法总比困难多!"

"扶贫先扶志,致富先治心。"

为扭转贫困户的"等、靠、要"懒惰思想,刘千武以身作则,落实责任、签订责任书,扶贫队每个队员包村包社包农户,队员变身一个个扶贫宣讲员、心理疏导师、产业指导员、义务劳动员、义务家庭教师等等,凡是贫困户家中有需要解决的问题和困难,队员们只有一个念头——"上"!

有付出,就有回报。与群众建立起感情后,他们再挨家挨户给贫困户说道理、讲政策、讲榜样的故事、讲脱贫后生活的幸福感和成就感,让群众明白"幸福不是等来的,是要靠双手挣来的"。

有了志气,"输血"才有作用,"造血"才有可能。

以朋友、大哥、亲人的身份无数次走访与谈心,一个个"懒汉"的心被亲情包围和融化,思想慢慢得到转变,脱贫路上有了积极行动,最终达到

◆　春秧成行　（傅念/摄）

与党委、政府及扶贫集团一致的决心。

　　贫困户龙运明，后坪乡中岭村石笋坳组人，吊散户，家庭4口人，脱贫积极性差，属典型内生动力不足，也是后坪乡目前唯一的未脱贫户。

　　"如果你要找龙运明，不要去地里找，要到茶馆里找。"当地村民这样说。

　　龙运明，典型的不愿劳动，没有稳定收入、牌瘾却不小的"懒人"，后坪乡的"贫困钉子户"。

　　2019年9月，新上任的刘千武主动到龙运明家，与其唠家常、谈心。"你天天打牌，难道想靠打牌来发家致富呀？这些年只晓得打牌，看看给家里挣来了啥子？父母是娃儿的第一任老师，你就这样给娃儿做的榜样哟，以后他们也像你一样靠打牌混日子是不是？"望着空空如也的屋子，想着孩子的未来，刘千武的话触碰到龙运明内心最柔软最伤痛的地方。

"人心都是肉长的,再硬的钉子,也能被真情软化。"

循循善诱,用真情、用亲人般的关怀,终于唤醒龙运明沉睡的灵魂,他下定决心痛改前非。

思想得到转变,刘千武立即依据家庭情况,制定出"养牛+养蜂"产业发展计划,并自己垫钱为龙运明购买了5头牛犊和40箱中华蜂。还主动与乡上协调,把人行便道直接修到龙运明家门口。

牛犊买好,可没有牛圈圈养。

刘千武又变身乡村砖瓦匠,带领扶贫队员帮龙运明修牛圈。

几经波折,崭新的牛圈建好,给了龙运明极大的鼓舞,把他的精气神也给激发出来,脱贫的劲头也就越来越强。

2020年4月14日,购买的40箱蜜蜂到了,汽车没办法开到龙运明家门口,40箱蜜蜂必须从主干道一箱一箱搬回来,龙运明犯了难。刘千武得知后立即召集工作队队员赶赴现场,二话不说,他先挑起两箱蜜蜂走在最前头……

刘千武及扶贫工作队员们的付出,龙运明看在眼里,含着眼泪说:"我再不努力,不仅对不起自己,更对不起刘巡以及关心帮助我的所有人,还对不起党和国家的好政策。"

……

扶贫不仅要扶志,更要"扶智"。

2020年7月20日,在武隆区后坪乡文凤村便民(游客接待、公共文化)服务中心大会议室,又一场苗寨小课堂开讲啦!

没有刻意宣传,但消息却似猛烈的山风吹拂,大到耄耋老人,小到幼儿园的孩子,当中还有大批的中小学学生,一大早,从文凤村十余平方公里的山里匆匆赶来,个个精神抖擞,兴趣盎然。

踏进会议室的每一位孩子,无一例外先与刘千武打招呼:"刘伯伯好!""刘叔叔好!"……然后都要与他来个拥抱。

◆ 梦想课堂 （陈伦双/摄）

年龄大的老人们，则笑嘻嘻地问候："刘巡好！""刘同志好……"

这是一堂由刘千武牵头，市检察院组织的"文化惠民、扶贫励志"讲座。七八十名"学生"聚精会神地听课。

"梦想是什么？"

"梦想就是黑暗隧道中那一丝丝光亮，沿着光亮走，你就能找到出口……"

作家、诗人、西南大学老师郑劲松激情饱满的话语，回响在太阳湖周围空旷的山谷里，似一束束光亮，照亮文凤村村民的胸膛。

让人意外。郑老师刚说完这句话，台下的"学生"们一字不落复述一遍，又一遍……

可以想象，"学生"们内心那渴盼的情愫，与太阳湖的水一样，清明透亮。

此情此景,扶贫集团的每一位检察人,涌动出欣喜,更让刘千武的脸上露出了轻松的笑容。

"人因为拥有梦想而伟大,没有梦想而渺小!"

曾经是山区孩子的郑劲松,告诉文凤村的乡亲和孩子们,自己如何从一名偏远山村的孩子成长为一名大学教师、一名作家的经历,讲述"梦想与行动、读书与习惯、爱心与责任",他鼓励孩子们,"为梦想行动,就要胸怀理想、胸怀国家、踏实读书、踏实做事,将来成为有用的人……"

古人云:"家贫子读书。"

授人以鱼,不如授人以渔。扶贫必扶智,让贫困地区的孩子接受良好的教育,是扶贫开发的重要任务,也是阻断贫困代际传递的重要途径。

后坪乡青壮年普遍外出务工,留守儿童问题严重。他们由文盲抑或半文盲的爷爷、奶奶、外公、外婆照料,代际传递无声无息,"读书无用论"在山寨盛行。

刘千武认为,必须转变当地村民的教育观念。

长期的走村入户,哪家哪户,有几个孩子上学,上几年级,学习成绩怎样,刘千武了然于胸。凡遇村民家孩子学习有进步的,刘千武都把他们的成绩统计出来,作为宣讲教育的活教材。尤其是当文凤村考上大学的6名学生、1名研究生,市检察院一次性奖励4.2万元作为助学款后,刘千武更是把他们视为榜样广为宣传。

润物细无声。真实的例子,一传十,十传百,榜样的力量让村民看到了教育带来的改变和希望,也逐渐扭转了村民"读书无用"的观念。

除此,刘千武还时常去后坪乡中心小学,与学校的老师们交流教育教学方法,用己之力,助推后坪基础教育教学质量。

"十年树木百年树人。只有重视教育,才能阻断代际贫困的相传。"

刘千武如是说。

扶贫集团不仅组织公益讲座,他们还办各类培训班,让贫困户学知识,学技术。近两年,后坪乡组织大大小小新型职业农民培育班、技能提升班十余次,引导贫困户学水产养殖技术、学大棚蔬菜种植、学水果栽培、学农产品初加工手艺,还学月嫂、学电工、学乡村旅游的经营管理等等,全乡所有贫困户家庭均有一人以上接受过新知识新技能的培训,极大地增长了见识和从业技能,为打赢脱贫攻坚战注入智慧和力量。

"有了知识,学到技术后,就要运用起来,转化成生产力。这才是志智双扶的目的和最终目标。"刘千武说。

现在,后坪山上,刘千武他们似领头的鸿雁,用他们的新思想新理念引导着贫困户摒弃陋习,焕发活力,向上向善,在脱贫路上,斗志昂扬,阔步向前。

三

"到群众中去,与他们心连着心。"

文凤村第一书记邱靖杰,又一个用实际行动诠释着检察人这句座右铭的"新后坪人"。

太阳湖边,阳光直射下的湖水波光粼粼,那么惬意和美好。

我们与第一书记邱靖杰的交谈就在这湖光山色间开始了。

邱靖杰,重庆市人民检察院第三分院青年干警,中共党员,2017年9月到任后坪乡文凤村第一书记。他接受过重庆日报、上游新闻、人民网、新华网等主流媒体多次采访,也是我国千千万万驻村第一书记的代表。

邱靖杰说,年纪轻轻的自己能投身脱贫攻坚这项伟大的事业,感到无上荣光。

　　三年多的文凤村入驻，把这里当成家的他，连妻子生孩子这样的大事也只在身边待了三天的铁骨铮铮汉子，说起文凤村曾经的贫穷与落后，眼里却有了莹莹的泪花。

　　"武隆区成功将仙女山申报为世界自然遗产后，现致力于把后坪乡打造成高山民族风情小镇，而文凤村的天池苗寨就是全市保存最完好的少数民族民居建筑群。"与我们的交谈，他还是从自己最得意的"作品"说起。

　　"目前，后坪乡规划的96个深度脱贫攻坚重大项目开工93个，完成投资6.17亿元，天池苗寨乡村旅游示范点标准化建设项目是其中之一。2019年9月17日，天池苗寨正式开寨迎客，这就充分展现了脱贫攻坚的丰硕成果。"

　　后坪乡因打通了外联大通道，后坪这块"聚宝盆"不再藏在深山不被人识了，生态游、乡村游迎来契机，大山深处的村民吃上了"旅游饭"，脱

◆　天光云影　（颜学伟/摄）

贫路上后坪乡正展现出"后发之势"。

邱靖杰说，2017年上任时，文凤村人均收入只有2593元。让人深深感受到这个深度贫困乡的深度贫困村村民生活的无奈。

"当初受命时，我还侥幸地想，文凤村是后坪乡政府所在地，再差也不会差到哪里去，但我没想到这样贫穷和落后。"第一天报到，就给邱靖杰心头浇了一盆冷水。

报到那天，邱靖杰和另外3个村干部一道去街市买洗漱用品。看着空无一人的街道，邱靖杰奇怪这大白天怎么没人呢？

"穷，都出去了。"一个村干部说。

"全村1328人，贫困人口289人，贫困发生率为21.8%……"村干部为他介绍。邱靖杰问："村里有多少年轻人在家的？"

村干部指了指邱靖杰："你就是我们村最年轻的人。"

一个位于大山深处的深度贫困村，青壮年流失、产业为零、村集体账

◆ 幸福时光 （袁兴碧/摄）

上负债,成了"空壳村"。

"先'填人'!让一部分青壮年回家!"邱靖杰知道,没有青壮年,村里仅靠老弱病残很难真正实施脱贫攻坚行动,更别说奔小康甚至致富。

道理人人都懂,但要青壮年回家,就得解决就业和收入问题。而彼时的文凤村产业基础差,想就业都找不到地方。

"文凤村难道找不到一点可发展的产业?"邱靖杰带着疑问,开始围着14.8平方公里的文凤村转起了圈圈。

原来,看似偏远落后的文凤村,只是一块尚未被人发掘的瑰宝。文凤村最高海拔1400米,夏天极为凉爽,最高温度也仅有28℃;历史上的文凤村,还是原川东地区第一个苏维埃政府所在地。

更重要的是,邱靖杰发现了文凤村一处至今保存完好的苗族古村落"天池苗寨"。这处苗寨建筑以井干式吊脚楼为主,穿斗式实木结构,飞檐、斜面、小青瓦,古色古香,工艺精湛,寨内还有石林瑰景、古井瑶池,曾被列入第四批"中国传统古村落"目录。

但荣誉过后,等来的还是苗寨的沉寂。后坪乡被定为重庆市18个深度贫困乡镇后,交通通畅了,为何不依靠这里的文化遗迹和优良的生态环境搞旅游发展呢?

说干就干,邱靖杰成了各级领导办公室的常客,汇报、谈规划、说打算。他还利用回主城出差的机会,向市级相关部门大声呼吁。

……

功夫不负有心人。武隆区政府高度重视,区文旅委牵头,以天池苗寨为中心,依托后坪的生态环境、人文历史,打造后坪旅游景区。申报项目、投入经费、规划建设。天池苗寨修缮完成,旅游公路修建完工,环人头山爬山步道完成,民宿改建完成,人居环境大力整治……

万事俱备,差的还是人。

首要任务,"引凤入巢"。

"硬件打造好了，后期就需要有人去经营、管理、维护。"邱靖杰敏锐地意识到这一点后，就着手开始他的"填人"计划。

"我接到邱书记电话时，第一反应就是摇头，也不管他看不看得见。"潘军说起当时的情景忍不住笑出声来。

潘军是文凤村天池坝组人，也是村里公认的大能人。早年外出务工的他，当时已是重庆主城一家消防公司分公司经理。面对邱靖杰的邀约，潘军坦诚，有一句话他硬是强忍住没说："我每月工资1.2万元，你要我回来，凭啥子？"

"家门口创业，能照顾一家老小，旅游产业前景不可限量……再说了，这里毕竟是你的根啊！"邱靖杰笑言，那是他人生第一次给人打电话时那么忐忑，打电话前还反复思量反复权衡。

为了尽早挂掉这通让他头疼的电话，潘军敷衍地答应"我先回来看看嘛"。然而这一"看"，潘军的消防公司分公司经理生涯就此终结。

◆ 农家粽香 （李莉/摄）

2018年9月,经过选举,潘军正式成为武隆区苗情乡村旅游股份合作社理事长,月薪只有5000元。

此事在文凤村炸开了锅,潘军这种当经理的"大能人"都返乡了,带给了村民巨大的心理冲击。

邱靖杰趁热打铁,开始了他"填人"的第二步:招揽与文凤村村民沾亲带故的青壮年。

"我终于不是文凤村最年轻的那个了!"邱靖杰对甩掉这顶帽子颇为得意。事实上,短短一年多时间里,文凤村新增创业人数就达到20人,无一例外都是青壮年。

"看到现在村里到处都是忙忙碌碌的年轻人,我们这些老人心里就特别踏实。"留守老人们脸上的笑意格外灿烂。

文凤村是重庆市人民检察院扶贫集团对口扶贫的深度贫困村,邱靖杰发现,要维系一个深度贫困村脱贫后的持续发展,当地似乎还缺少些东西。

究竟缺什么,邱靖杰也是在一次病中悟出来的。当时,他因咽喉炎去卫生院买药,发现很多药都缺,再去街上找药店,居然全村没有一家药店。

此事带给了他更深的思考,他统计后发现,尽管文凤村是后坪乡政府所在地,但街上总共只有5家村民开的杂货店,基本只卖农用品,连服装、鞋帽店面都没有一家。

"基本的配套都没有,游客来了怎么办?"邱靖杰认为,填补文凤村的产业"空壳化"后,还必须填补商业的"空壳化",而这些商业业态本身就能直接带动村民脱贫致富。

因为脱贫项目的不断推进,大量的建设者涌入,客源不愁,而将来发展旅游业,客流量还会更多。因此,相应的配套建设就势在必行。

"我们来算个账,现在西山水库正在修,每天有多少工人要吃饭?将来修好了,我们村那么凉快,多少人来避暑、钓鱼?你和嫂子厨艺相当不错,为啥不搞个餐饮店?"邱靖杰找到代万碌,拿着纸笔一笔笔给他算经济账。

原本,邱靖杰是抱着试试看的心态,可令他和村民们都惊讶的是,代万碌随后居然扒掉了自己的土房子,在各项扶贫政策的支持下,建起3层楼的农家乐。

2018年11月,文凤村具有标志性意义的第一家鞋店诞生。店主陈云夫妇是后坪乡白鹤村人,原本在云南做生意。因回家照顾老人,被文凤村翻天覆地的变化所振奋,两口子一商量就开了这家鞋店。

此后,文凤村第一家药店、第一家火锅店、第一家服装店等如雨后春笋般开业。并且,这些充满朝气的商业门店,有不少还是外来投资者兴办的,这对于曾经深度贫困的文凤村而言,是绝难想象的。

◆ 瓜果飘香 (李瑞丰/摄)

"现在的文凤村才初步具备了游客接待能力,没有衣食住行各方面配套,旅游是发展不起来的。"望着欣欣向荣的云上苗寨,邱靖杰说。

这个昔日的"空壳村",如今仅注册公司就有3个,还有一个村集体经济组织,2019年营业额达53万元;水果、蔬菜、烤烟3个特色产业总面积1800亩;另外还出栏生猪近1000头。

2019年,文凤村已脱贫64户261人,贫困发生率从21.8%下降到1.81%,脱贫户"两不愁三保障"全面实现。

由武隆区喀斯特惠隆乡村旅游公司、后坪苗族土家族乡文凤村股份经济联合社与文凤村天池坝村民潘军、罗开伦、潘朝发等人发起,后坪乡"资源变资产、资金变股金、农民变股东"的农村"三变"改革暨天池苗寨乡村旅游合作社设立大会,在文凤村天池坝召开,正式拉开该村借力"三变"改革打造乡村旅游的序幕。

设立大会当天,文凤村天池坝44户农户以天池苗寨范围内田、土、林、房10年经营权折价521.24万元入股,文凤村股份经济合作社以资源折价14.4万元入股,喀斯特惠隆乡村旅游公司以300万元现金入股,组建天池苗寨乡村旅游合作社。合作社以苗族文化为核心,以苗药园为纽带,开展乡村旅游资源开发及经营系列活动。

2019年12月2日,文凤村73岁的刘远银,赶到天池苗寨领到一笔上万元的分红,拿到钱的那一刻她笑得合不拢嘴。当天,文凤村像她一样共44户人领到分红款。分红金额从几百元到三万多元不等。加上占股的村集体和社集体经济,当天一共分红约50.8万元。

"下一步,合作社将按照项目规划,进行统一建设、统一运营、统一营销,对民房按照高、中、低住宿条件进行改建,打造一批精品民宿,入社成员将按占股比例实行'固定分红+效益分红'。"邱靖杰说。农村"三变"改革有效盘活农户手中的闲散资源,让村民看到了希望。

今年,住房城乡建设部公布了全国第一批绿色村庄名单,武隆区后坪苗族土家族乡文凤村榜上有名。

拥有"中国传统古村落""中国绿色村庄""重庆最美乡村""重庆历史文化名村""重庆特色景观旅游名村"等称号的天池苗寨,"绿色"成了她最美最靓最有生命力的一张名片。

绿色是当今旅游发展的根本,天池苗寨依靠"绿色"理念,成为武隆区乡村旅游示范点,在保护苗寨原有特色基础上,天池苗寨打造了民宿度假住宿区、苗医苗药体验区、特色美食加工区、民俗文化体验区和田园山野游憩区。

为更好增加游客的体验性、参与性与娱乐性,并寓教于乐中,苗寨还恢复了传统手工业苗家古式榨油坊、酿酒坊、面粉坊、苗药坊,建起茶肆、练歌坊和儿童乐园等10余个互动性项目。

"目前,我们文凤村以二社天池苗寨景区为主导,带动发展一社养殖土鸡,三社依托洪山湖水库打造水上娱乐设施,四社发展生态蔬菜配套游客采摘,五社依托自然景观打造观光大道鸟瞰天坑,六社是后坪乡集市所在地,可以欣赏土家族和苗族不同建筑风貌。"邱靖杰说。

文凤村正极力完善硬件及软件设施,把这里建设成一个让游客来得了、住得下、吃得好、玩得开、带得走,集避暑、康养、研学等多元一体化生态旅游区,真正让绿水青山变成金山银山。

四

有人上战场,有人守后方。

后坪在前,重庆市委政法委系统的所有帮扶成员单位为后。文凤村在前,重庆市检察院为后。发挥好"前方+后方"联动攻坚模式,汇聚合力,整合资源,一切为了后坪的发展。

2020年，全民奔小康，脱贫攻坚工作已到冲刺决战、攻城拔寨的关键节点，市检察院的干警们发扬连续作战、一鼓作气的作风，确保脱贫攻坚取得实效、赢得胜利。

"要给组织一个最好的交代——不断提高自身能力，努力争创一流工作业绩。"这是市检察院机关党委办公室副主任陈伦双在他的工作总结中写下的一句话。这样的话语，不只记录在笔记本上，写给大家看，念给别人听，还是他以及他的战友们在脱贫攻坚行动中践行的箴言。

从重庆主城出发，出城，上高速，进入武隆，再从武隆城区出城进入去后坪的公路，三个多小时的车程，采风团成员几乎一直在倾听，陈伦双承担了一路的解说和脱贫工作"汇报"。他讲重庆市委政法委扶贫集团帮扶后坪前因后果，讲帮扶成效，讲帮扶过程中遇到的困惑、出现的问题，讲解决的办法；也讲重庆市人民检察院对口支持的后坪乡文凤村实施的脱贫攻坚项目实施进展情况，讲文凤村的人文历史，讲文凤村的可

◆　文惠苗乡　（张培森/摄）

◆ 绿茵场上 （刘成平/摄）

喜变化,讲这里的人如何增收、如何脱贫……

一路上,我没有插入什么言语,假寐中一直在认真听他讲述,当他讲到后坪产业扶贫项目的实施过程时,精准的用语,科学的表述,对村民表露出的真情实感,让我这个从事农业农村工作的人也暗暗有几分佩服,我还半开玩笑地说了句:"真正的农业专家,扶贫专家!"

2018年11月,陈伦双到市检察院机关党委办公室任副主任,具体牵头抓重庆市检察系统驻武隆后坪乡的脱贫攻坚工作。

陈伦双日记中写道:"扶贫工作是天大的事,抓实抓好对口扶贫是光荣的任务和使命……"

自从他承担起这一工作任务,他就把自己与后坪紧密联系起来,如果说前方的刘千武和邱靖杰是先遣队员,那么他就是后方联络员,像一根网线,一头牵着后坪的脱贫攻坚开发任务,一头连接着重庆市委政法委扶贫集团与重庆市人民检察院干群的心。

"从2018年11月19日第一次到这里来,到现在,车程从6个多小时缩短到了3个多小时;我也实实在在地来了18次。每到这里来一次,都发现有新的变化;每次来看到这里的群众,都会有不同的感受。每来一次,就是一次调研,就是一次学习,就是一次感恩教育。"陈伦双深有感触地告诉我们。

实地走访调研、开院坝会、向扶贫干部传达集团的决策部署、与村干部交流商讨等等,如果没有对工作的热情,何以做到对脱贫工作的了如指掌,如果没有深入实际的了解,何谈"精准扶贫"……

是的,精准扶贫,不是一句口号!

"到后坪去,到群众中去,与他们心连着心。"一个检察人到后坪,就是送去了一束光亮,整个扶贫集团到后坪,就送去无限的温暖。

"莎姐"是重庆检察在全国检察系统的一张亮丽名片。重庆市检察院整合三级检察机关"莎姐"资源,在后坪以及文凤村脱贫攻坚行动中,

◆ 莎姐普法 (刘东/摄)

推动"莎姐"进校园,开展"莎姐普法"走访活动,践行"枫桥经验",注重宣传与脱贫攻坚密切相关的法律法规政策及法治扶贫典型案例,扫黑除恶、防邪禁毒防骗、家庭纠纷、土地纠纷、乱砍滥伐等内容,并运用"背篓检察官"工作方法,把一些矛盾及时化解在基层,为打赢脱贫攻坚战营造良好法治氛围。

2019年7月,文凤村法治扶贫工作室应运而生,"莎姐青少年维权""农民工维权""公益诉讼"……扶贫路上,"莎姐"们努力促进"自治、法治、德治"融合发展。

自2017年以来,重庆市人民检察院对口帮扶文凤村,明确提出了"强党建、抓法治、帮产业、助消费、促治理"五位一体扶贫要求。检察长贺恒扬两次带队到文凤村蹲点调研并召开现场会帮助解决问题,陈胜才副检察长多次召集研究对口扶贫工作,市检察院班子成员和五个分院的检察长深入文凤村走访调研"全覆盖",厅级以上干部28名对口扶贫调研累计66天,处级干部125人实地开展对口帮扶工作累计400余天。还有无数检察人参与进来,推进检察职能与脱贫攻坚深度融合,共协调筹措定点帮扶资金1213.26万元,硬化公路3.5公里,帮助发展扶贫产业项目10余个,推进文凤村老山茶品种改良、高山生态土鸡、中华蜜蜂养殖、电商馆、乡村旅游等多个可持续产业发展项目。还援建好文凤村占地面积10亩,使用面积2100平方米,广场面积2000平方米的文凤村便民(游客接待、公共文化)服务中心。

2019年2月,重庆市人民检察院党组书记、检察长贺恒扬率重庆市检察院扶贫集团成员单位负责人一行奔赴武隆区,深入定点扶贫点后坪乡文凤村走访调研,实地察看深度脱贫攻坚情况,看望慰问党员群众和一线扶贫干部,交流座谈对口帮扶工作,全面助力后坪乡文凤村精准扶贫、精准脱贫。

他强调,市检察院扶贫集团各成员单位要按中央、市委的部署要求,认真落实市委关于中央脱贫攻坚专项巡视整改工作动员部署会精神，按照陈敏尔书记强调的在六个方面体现高质量的要求，聚焦深度贫困，更加精准有效做好脱贫攻坚工作，坚决打赢脱贫攻坚战！

脱贫攻坚进入冲刺阶段，文凤村面貌焕然一新，天池苗寨旅游欣欣向荣。文凤村获评"重庆十大最美乡村"，并被认定为市级脱贫攻坚示范点，同时重庆市委政法委扶贫集团"法治扶贫"经验向全市推广。

脚踏这方热土，检察人将载誉前行。

检察长的话语，是推进脱贫攻坚行动中一束强有力的光亮，是激发刘千武、邱靖杰、叶新灿、陈伦双、黄显林……以及无数的"莎姐"们继续前行的力量。

我们在后坪的采风行结束，离开之前，在太阳湖畔的文凤村便民公共服务中心前来了一张合影。影像前是巍峨的群山，影像后是崭新的便民服务中心，鲜艳的五星红旗下几个鲜红的大字："苗家山寨，检察情深"。

此时此刻，我们静默肃穆，向致力于夺取红色土地上的脱贫攻坚战全面胜利的全体检察人表达深深敬意，有他们的倾洒和付出，绿水青山将永永远远成为金山银山。

注：文中个别人名为化名。

（作者系重庆市作协会员，中国散文学会会员，重庆市散文学会理事，大足区作协副主席，获重庆市、大足区重点文艺作品扶持奖及文学艺术奖，著有长篇报告文学集，出版《用花开的心情去远方》等多部文集。此文登载于《重庆文学》2020年第6期，并获重庆市脱贫攻坚市级优秀作品奖）

走进后坪苗寨

李红

这里是与世隔绝的世外桃源？这里是遗落人间的琼山仙境？不！这里是重庆市武隆区后坪乡苗寨——举世瞩目的带有原始风貌的新兴旅游胜地。

你看那山，傲然挺立，高耸入云；层峦叠嶂，苍翠欲滴；分明是一首凝固的诗。

你看那云，上下流动，左右缠绕；流光溢彩，变幻多端；分明是一道飞扬的韵。

你看那水，波澜不惊，澄澈明净；倒影蓝天，平滑如镜；分明是一汪难舍的情。

走进后坪苗寨，仿佛穿越了时空的迷雾，来到一个古朴、宁静、原生态的村落。这里没有喧嚣，没有匆忙，没有惶恐，更没有利欲熏心的尔虞我诈。静谧而平和是苗寨的主色调，它宛如一缕迎面吹拂的春风，将人们心中的诱惑、羁绊、疲惫和厌倦一扫而光。那些让人耿耿于怀的情仇恩怨和苦辣甜酸也在这一刻化为了淡定和洒脱。这，或许就是人们常说

◆　绿岭青山　（袁兴碧/摄）

的"洗心革面"吧。

　　走进后坪苗寨，首先映入眼帘的是古色古香、纯木质榫卯结构的苗家吊脚楼。飞檐翘角几欲刺破青天，雕梁画栋仿佛千年画卷。鳞次栉比的苗家房舍既浑然一体又独立成栋，既匠心独运又不露痕迹。那木门木墙木窗户，那平坦蜿蜒的石板路，那整齐堆码的柴火垛，那硕大无比的牛皮鼓，无不给人以精致美观而又古老沧桑之感。

　　农田菜地环绕在村寨四周，橙红色的房屋显得庄严厚重，深黑色的屋瓦层层叠叠如同鱼鳞一般紧密排列。一座四层高的无墙飞檐塔楼耸立在村寨的中央，塔楼底层摆放着三个巨大的牛头：这是用于祭祀的塔楼和祭拜的图腾。登上塔楼，放眼四望，眼界豁然开朗，远山近水尽收眼底——群山云飞雾绕，田野绿茵如织，道路纵横交错，村寨炊烟袅袅，狗吠院坝中，鸡鸣桑树下——好一幅世外桃源写意图！令人心旷神怡，流连忘返！

更为神奇的是,离此不远还有一个世界上唯一的地质奇观——后坪天坑。后坪天坑由菁口天坑等五个天坑组成,天坑深入地下约300米,口部直径也为300米;集合了溶洞、石林、石柱、落水洞、竖井、峡谷、溪流、地下河等自然奇观。在天坑深处,一条地下河蜿蜒流向看不见的远方;河畔的鹅卵石星罗棋布,随便捡起一块石头,可能就是数亿年前的腕足动物或者植物的化石。人们都说,这天坑是上天赐予后坪人的珍贵礼物。

然而,20年前,后坪乡还是一个贫穷、落后、封闭、原始的贫困乡。由于长期与外界隔绝,这里交通闭塞,经济落后,思想保守。贫穷像一头凶恶的怪兽,将人们的自信心和进取心吞噬殆尽,乡亲们只能勉强维持最基本的温饱。不过,也正因为长期与外界隔绝,这里才意外地被完好地保留下来了,那得天独厚的原生态村落和周边几乎没有被打扰的原始而优美的生态环境成了后坪苗寨崛起的底牌。

◆   后坪天坑 （潘光侠/摄）

◆ 飞流彩虹 （张华/摄）

　　是改革开放的春风唤醒了这里的绿水青山，是党的"精准扶贫"政策驱散了笼罩苗寨数千年的"贫困阴霾"，后坪乡终于焕发出蓬勃生机。在党和政府的大力支持和扶助下，后坪人克服重重困难，经过十几年的艰苦奋斗，将这里开发成了集休闲、娱乐、观赏、猎奇、探险于一体的新兴旅游胜地。

　　那天坑就是一个聚宝盆，而原生态的后坪苗寨就是一棵摇钱树。我们深信，在党和政府的关怀下，在后坪人的共同努力下，这里必将成为游人蜂拥而至的旅游天堂；一条"共同致富奔小康"的康庄大道正在后坪人的脚下展开！

　　　　　　（作者系重庆市散文学会会员、重庆市沙坪坝区作协会员）

文凤村的蝶变

李立峰

每个人心中都有一处世外桃源。

背靠人头山,脚拥天池坝。深山一璞玉,秘境人不识。

重庆市武隆区后坪乡,就是我心中的一处桃花源。

2017年,重庆市人民检察院扶贫集团对口帮扶文凤村以来,我曾数上苗乡。记不清为它写了多少篇新闻报道,拍了多少张图片,写了多少篇散文和诗歌。

在听完《一片初心向阳开》重庆检察扶贫故事会之后,我决定把自己的亲历写出来,以便让更多的人知道,一个山旮旯在脱贫攻坚的春风中如何发生蝶变。

一、秘境后坪

我一辈子都不会忘记,我第一次踏上后坪。

2019年4月，一个周五的下午，我接到任务，重庆市文旅委领导到文凤村调研，我作为宣传部门的同志一同参加。

三个多小时之后，我们抵达武隆区，已是夜晚9点多。在城区草草住下，次日再赴后坪乡文凤村。

后坪苗族土家族乡，位于丰都、彭水、武隆的交界处，距离武隆城区108公里，号称武隆的"西藏"。这里有后坪天坑群、天池苗寨等17处景点，如同珍珠，散落在这片山中桃源。传说，天池苗寨是玉帝的女儿绿衣仙子张天羽下凡之地。她偷渡凡尘寻找爱情，与董永携手相伴，从此安居人间。

久居都市，渴望放松，亲近自然。后坪，可圆你的田园梦、山水梦、森林梦。然而，由于当时没有硬化公路，这108公里，车程需要三四个小时。也就是说，从重庆到后坪，需要七八个小时。

次日，天一亮，我们就驱车赶往文凤，一路都在修路。因为是雨季，塌方随处可见，道路泥泞不堪。越野车摇摇摆摆，如同风中行船。车子紧贴到靠山一侧，另一侧是看不到底的山崖。遇到会车，需要倒退到宽敞处，停车让行。一路上，多少有点提心吊胆。

去文凤的路上，途经武隆区土地乡，这是去后坪的必经之地。早在2015年，市检察院扶贫集团对口帮扶该乡，我用一周的时间，冒大雨，钻溶洞，下峡谷，走遍土地乡的角角落落。两年后，土地乡旅游大火，犀牛寨成为全市网红打卡地，该乡顺利脱贫。

2017年，市检察院扶贫集团接下文凤村的扶贫接力棒后，发展乡村旅游，振兴山村经济，再次被提上议事日程。

这一次，我们走访了苗王山、后坪天坑、天池苗寨等地。

进入后坪第一眼，便是人头山。当时，苗王山还叫人头山，神龟山还叫乌龟山。两座大山，形成一个摇篮，怀抱着一条狭窄的街道，这就是后坪乡场镇。

◆ 场镇新貌 （袁兴碧/摄）

从山下看过去，人头山就像是一座守护神。它大概是张果老的化身，伫立山头，窥探瑶池。从天池苗寨看过去，人头山是苗寨最醒目的标志性景观。而从后坪场镇看过去，人头山像一道屏风，特立独行，仙气十足。

信步登上人头山，拾阶而上，两边是高大的杜鹃树，当地人叫映山红。岭上开遍映山红，原来不是歌词。在这里，杜鹃花树与高大的乔木相伴而立。让我想起了《致橡树》的"头，相拥在风里；脚，相连在地下"。

一路上，高大的水杉和松树，直冲云霄。后坪有天然林82600亩，森林覆盖率达63.1%，绝对是一个森林吸氧的好地方。一路上，一种叫做厚朴的树，树干虽小，叶片却大，开花结果，生机勃勃。

春天的人头山，万物生长。槐树吐出了新芽，生命之初，分外俏皮。椿树的嫩叶，在阳光下精神焕发。木姜子一身鹅黄，像披了一道锦衣。

一棵高大的藤挡住了我的去路。藤上长满了苔藓。苔花如米小,也学牡丹开。只有在生态特别好的地方,苔藓才会生长。

人头山海拔1700余米,是消夏避暑、登高望远的好去处。山下,便是如诗如画的苗寨——天池苗寨。这里,有山,有水,有山歌,有故事,有乡愁。

正午的天池苗寨,目光所及,皆是保存完好的宁静的屋舍。绿树房前绕,青山屋后斜。苗寨掩映在一片树林间,到处都是漂亮的木头房子。村中最高的建筑是苗王阁,阁楼高三层,木质结构,可俯瞰全村。

人间四月芳菲尽,山村油菜花正盛。在高山小镇,空气中飘着香味、甜味。高大的铁树和金灿灿的花穗,令人惊艳。村中的一棵老枣树,很云南。吊脚楼前,杜鹃盛开。阳光照耀,静谧苗寨,时光定格。千百年来,苗寨人家,恪守着牛耕锄耙的耕种方式,过着世外桃源般的生活。很快,这里将改造成为民宿,成为城市人的假日乐园。

◆　拂晓时分　(袁兴碧/摄)

寨中的石板路，两边的石头上长满了青苔。一条条青石小路，通往苗寨庭院深处。这样的青石小路，我以往从来没有见过，忍不住来回走了四遍。

与一位老大爷相遇，请教一种花的名字。大爷耐心地告诉了我三遍，我都没有听懂，只好假装听懂，连声谢过。后来我才知道，这叫米团子花，又叫绣球花。这里的绣球，俨然长成了树。比起风景，最美的还是人心。这是旅途，最久的念想。

通往苗寨的路，车少人稀。正是这样的崎岖小路，通往风景深处。一路上，层层叠叠的梯田，古色古香的廊桥，还有勤劳善良的山里人。

因原路施工，返程时决定取道丰都，然而，走到一半，"前方塌方，禁止通行"的指示牌立在眼前。下车一看，发现山路已经被山洪冲毁，公路下方一半已经被掏空，悬空而立，不寒而栗。面对此景，只得掉头再走原路。回到重庆，已是深夜。

鞍马劳顿，还只是扶贫路上最轻松的苦。但这一次，后坪绝美的风景征服了文旅专家。随后，市文旅委投入了上百万的帮扶资金。

这座山中桃源，未来可期。

二、山歌润心

"女儿大了要嫁人，男人长大要出门。哪里出门带锅灶？哪里远行背铺陈？渴了喝口山泉水，饿了敲开苗家门。客人进屋莫黑脸，锅里多掺一瓢水。"

邂逅镌刻在武隆区后坪乡文凤村的这首苗家民谣，我一直很想遇到唱苗家山歌的人。

因为在记忆深处，山歌就像一条耳虫，在耳中时时响起。齐秦、齐豫演绎的《印象刘三姐》，更时不时哼唱几句。我是一个音乐盲，但这不妨碍我对音乐的痴迷，特别是对民歌的沉醉。

云上苗寨有山歌吗？我带着这个好奇，于2020年8月再次走进山清水秀、峡幽沟深的云上苗寨。

盛夏时节，车子沿着盘山公路，一路逶迤。巍巍的苗王山，如同热情好客的主人，翘首以盼四方来宾。

遥想起第一次来后坪，山路尚未修通，那是一处养在深山人未识的地方。仅仅是一年多时间，入乡公路已经开通，大山深处的桃源向世人展现迷人的面容。一条柏油路如同玉带，连接着山乡的静谧和外面的繁华，也连接着村民的笑脸和游客的心扉。

寨中，一座座原生态的苗家院落，青瓦、木廊、石阶，颇具民族风情。如今，均被改造成民宿，游客与当地居民都生活其间。房前屋后，是郁郁葱葱的庄稼和花草。四处攀缘的梅豆，绽放紫色的花朵。茂盛的南瓜藤蔓，绽放橙黄的花朵。格桑花像孩子的小脸。苞谷饱满，等待收割。梨

◆　快乐时光　（潘光侠/摄）

子压弯了枝头。

山村的每一处，都让久居都市的人感到新奇无比，用手机拍个不停。久在樊笼中，复得返自然。身在其间，闲适便生出很多诗意。

君不见，月亮湖畔，房车和手风琴造型的房子前，孩子穿梭其间，留下银铃般的笑声。不远处，是一垄垄整齐的稻田，稻田中是好听的虫鸣，远处传来悠长的鸟语。几座水车，在慢条斯理地转动着，诉说着过往时光，那是童年的玩具。

太阳湖边，几位城里人围坐闲谈，把身影映在湖中。画家在一旁支起画架，用了一个时辰，细细打探流云，回眸远山近水，在洁白的画布上，留下令人惊叹的画作。

此刻，我邂逅了第一位老人。他已经85岁了，独自坐在宽阔的走廊上，一边抽烟，一边看画。画家已经不知所终，只留下这幅画任人解读。老人的身后，是一堆排列整齐的柴火，堆了一人多高。老风箱早已经退役，和木柴码在一起。

◆ 惬意生活 （潘光侠/摄）

这个场景让我突生感慨。如果不是这条路,画家恐怕与老农永无交集。此刻,他们住在一起,吃在一起,创作在一起。老农成为这幅作品第一个读者,也是唯一的观众。

我无法揣测老人的内心。当从苞谷地、红苕地耕种归来,带着满身的疲惫和汗水,一回到家,点上一袋烟,看一幅画的心情。画上,不是别处,正是自己的家。

这幅画,或将辗转到都市,进入画廊,成为艺术品或收藏品。当更多的观众通过这幅画,看到山中景象,是否能忆起山中的过往,是否能平息心中的沟壑,进而收获一份诗意和远方呢?

我邂逅的第二位老人,在我的住处之后。

大清早,我被一阵阵长号之类的音乐唤醒。那是一种极度舒适的骚扰。起初,我以为是一位音乐家下榻于此。直到下了楼,上了石阶,转过屋角,才发现是一位老人。

毫无疑问,他是此处的主人,是山中的原住民。囿于无知,我很难把老农与长号联系起来。但它就真实地发生在眼前,萦绕在耳旁。我很想用手中的相机记录下来,但我却含羞地走开了。是的,我感到了一丝羞涩,为自己渺小的认知。

我走过去的时候,表面平淡如水,内心却掀起狂澜。当物质丰裕之后,精神的追求体现在每一个人身上,包括这小村的老人,也在享受自己的艺术。

我邂逅的第三位老人,就堪称传奇了。他叫潘学周,时年81岁,是苗家山歌传承人之一。他围着书法家转了一个上午,直到所有的人都散去,他才怯生生上前,向书法家讨了一幅字。"锣要打,鼓要敲,敲锣打鼓,苗家山寨好热闹。"著名书法家、"山城七友"之一的石珺欣然泼墨,写下了老人的心愿。

有人就现场起哄,请老人唱一个,烘托一下氛围。老人张口就来,一点也不怯场。听得出来,他的唱词是原创的,现编现唱。老人的歌声,从容的态度,感染了书法家,他们打开已经合起的笔袋,用矿泉水点墨,为老人写下一幅幅墨宝。

书写现场,我与老人闲聊。他说,这些山歌都是自己原创的,看到什么,就唱什么。与他聊天的十几分钟,他的歌连绵不绝,原谅我不能写出心中的震撼。这种原生态的艺术,扎根于生活,来源于生活,平行于生活。

我问他有没有徒弟,他说没有。我的心,徒然一沉。我说,我要给你拍个抖音短视频,尽管没有多少粉丝,但我想表达一份敬意。

入夜,长桌宴摆起,篝火晚会开起,我遇到的第四位老人,他叫曾世红。老人第一个出场,一曲意蕴悠长的后坪山歌,如同甘泉一般流入游子的心田,给人灵魂出窍的幻觉。

与老人聊天得知,他已经73岁了,是后坪山歌传承人。唱起山歌来,

◆　稻香时节　（袁兴碧/摄）

声音洪亮，神采奕奕，丝毫不像一个年逾古稀的老人。老人的长寿，得益于这方山水的滋养，得益于传统文化的浸润。

听得出，老人唱的这些山歌，取材当地，或触景生情，或直抒心意，听起来清澈明亮，很容易就直击心扉。老人说，他基本上是看什么唱什么，属于即兴创作。文凤村得天独厚的自然人文资源，为他提供了取之不尽用之不竭的灵感。

有人说，民族的，就是世界的。民间的，就是传统的。日常的，就是文化的。我，深以为然。曾世红有上天厚爱的嗓音，这是幸运，而能听到，更是一种幸运。

在歌声里，我看见文凤生活美好的模样。我祝他唱到一百岁。老人听后，笑得像一朵花。

这一次，重庆市人民检察院机关党委办公室在此举行主题党日活动。后坪是川东地区第一个苏维埃政府所在地，是红色政权之乡，有着红色基因。早在1930年，四川二路红军游击队在此开辟根据地，后坪苏维埃政府宣告成立，领导农民开展土地革命，打土豪，分田地。在后坪坝苏维埃政府史迹纪念馆，倾听革命先烈英雄事迹介绍，接受红色教育，重温入党誓词，筑牢初心使命。

在"苗家小课堂"上，市检察院机关党办负责扶贫工作的副主任陈伦双以"扶贫路上，唯有感恩"为题讲了一堂党课。回忆两年多来文凤村发生的翻天覆地的变化，他竟泪洒现场，党员、乡亲无不动容，报之以热烈掌声。

男儿有泪不轻弹。这泪水，是欢乐之水，是幸福之水。两年多来，陈伦双数上苗乡，和驻村干部一起，投入大量的时间、心力和感情。其间辛苦，也唯有自知了。

作为同行者，我感受最深的就是，不管是陈伦双、邱靖杰，还是刘千武、叶新灿，三级检察院扶贫干部用心用力用情，把文凤当家乡，把村民当亲人，激发了村民的内生动力，兑现了脱贫致富的诺言。而他们，只是重庆市检察机关115名扶贫干部的缩影。

我,作为一个编外扶贫人员,有幸见证了这一切,无比感动——为乡亲们战天斗地的战贫精神感动,为扶贫干部夜以继日的忘我精神感动,为乡村振兴的文凤故事感动。

我用手中的笔,记录了这一切,为他们鼓与呼,让自己内心有了挂牵,与文凤有了关联,我为此感到骄傲,更为有这样优秀的同事而骄傲。

三、文凤起舞

2020年国庆之后,仅仅间隔两个月,我有幸再次到苗乡。

这一次,一场脱贫攻坚现场暨重庆市人民检察院党组中心组学习会在文凤村新落成的便民(游客接待、公共文化)服务中心会议室举行。

◆ 便民服务 (江泳/摄)

这个便民服务中心,既是村支两委的办公地,也是村民的文化活动中心。既是"莎姐"普法、法治教育、党性教育基地,也是村电商中心。对于一个小山村而言,其意义非凡。

三年半,1260天。这是市检察院第三分院驻村第一书记邱靖杰驻村的时间。当年,一个刚结婚的小伙子,一头扎进这个小山村,一干就是三年多。他用一句话概括了文凤的变化:"之前,是走了不想来。如今,是来了不想走。"

最高检副检察长张雪樵到会指导,看着眼前的一切,他感慨地说,重庆检察机关牢记习近平总书记殷殷嘱托,在对口扶贫中真学真干、大干苦干巧干,为文凤村脱贫攻坚贡献检察力量,为全国检察机关服务精准脱贫工作提供了样本和范本。

时值初冬,一场微雨飘洒在天池苗寨,空气像蜂蜜一样香甜,正适合洗心涤肺。信步村中,房舍高低错落,古色古香,苗族风情的屋边,房车成排,水车咿呀,稻谷飘香,村庄上空炊烟袅袅。如此美景,让检察官们动容,更让乡亲们动容。

她是村中的一名中年妇女,在村中广场开了一家小吃店。走进店里,她热情地邀请我品尝当地野生猕猴桃,很小,却很甜,入口难忘。她说,旺季的时候,小店一个月的收入上万。同时,她还是股东,将家中一座漂亮的三层小楼改建成精品民宿。除了一楼自住,多余的21张床位,参与合作社分红。

她说,之前靠着种地,自给自足都难以保障。自己做梦都想不到,自己不仅当上了老板,还开起了民宿。像她一样,文凤村共有44户人家,办起了精品民宿,吃上了旅游饭。

篝火晚会开始后,她换上苗族服装,加入了舞蹈大军中,跳起了圈圈舞。对她来说,不仅实现了物质上的丰裕,更实现了精神上的富有。

他是一位年过六旬的老人。注意到他,是在篝火晚会还没有开始的时候,他便围着篝火场,踩着音乐的节拍,一圈圈的热身,如入无人之境。他的投入,吸引了我。我顺手拍下了他边走边舞的照片。

次日早饭时,我再次遇见他,便拉起家常。他告诉我,之前和孩子在涪陵打工,一住十几年,原想就在城市养老算了。如今,家乡发展旅游,外地人都来了,他们老两口割舍不下家乡,便一起回到了村里,发展乡村旅游。

他说,一辈子当农民工,若不是村里发展旅游,哪有功夫去跳舞?言谈之间,老人满脸幸福,他的老伴在一旁忙碌,苞谷、花生、红苕,堆了一院子。从此,他们的生活中少了异乡,多了故土,少了漂泊,多了歌舞。这让我想起一句话,每一个不曾起舞的日子,都是对生命的辜负。幸好,在人生的晚年,他们邂逅了它,拥有了它。显然,这一切,都刚刚好。莫道桑榆晚,为霞正满天。

◆ 书法清气 (李立峰/摄)

文凤村合作社理事长的故事家喻户晓,听过的人莫不动容。他本在主城一家消防公司当经理,每月工资万余元,是村里有名的能人。

为了尽快摆脱贫困,邱靖杰带着村干部"三顾茅庐",终于让他同意回家乡看看。听完全村旅游发展规划介绍,看着村里如火如荼建设的民宿,他动心了,回到村里担任合作社理事长。为了支持村里发展旅游,他带头平了自家的坟头。在他的带动下,全村人移风易俗,很快就完成了天池苗寨基础设施的改造升级。

他的故事,可以讲三天三夜。有一次,他的儿子带女朋友从城里回到村中,想入住自己家的民宿,却被他拒绝了。他告诉儿子,房子已经入股了合作社,不归自己管了。要住在自己家,也要按合作社规定,自己去前台,交钱办入住手续。

对这几位乡亲的记忆,只能算是对文凤村的窥豹一斑。来去匆匆,匆忙到都来不及知道对方的姓名。为此,我深表歉意。

文凤村有1328人。我碰到的每一个人,都有一颗金子般的心。与他们聊天,都是一脸灿烂。他们的故事,每一个都值得去倾听、去记录。

在摆脱贫困的路上,文凤村人没有犹豫,没有纠结,他们响应党委政府的号召,在扶贫干部的引导和帮扶下,用自己的担当、勤劳、智慧和汗水,激活了干事创业的内生动力,抓住了千载难逢的发展机遇,实现了脱贫致富的华丽转身。

昔日的穷山窝,如今的金窝窝。通过乡亲们的变化,我们见证了文凤的变化,也由此见证了脱贫攻坚给重庆乃至给中国带来的巨变。文凤村,只是中国战胜贫困的一个缩影。

每一次走进文凤村,都被这种精神深深震撼!每一个努力生活的人,都令人敬佩。而每一个平凡的人,都可以成为英雄。

文凤村,是他们的家,也是我的诗和远方。

同样动容的还有三级检察院的领导干部们。这一次,他们看现场,

◆ 深山古村 （潘光侠/摄）

谈心得,谋部署,为未来文凤的持续发展倾心尽力。

看着村民们过上了好日子,看到脱贫攻坚取得累累硕果,我和来这里的每一个检察人一样心里格外踏实。

这一次,让我印象深刻的,还有后坪中心小学。

走进小学门口,由检察官担任的法治副校长大幅照片贴在门口。"莎姐"工作展板介绍着"一号检察建议"的落实情况和法治副校长的履职情况。

在这个山区学校,因为山高路远,几乎有一半的孩子住读。走进宿舍,展现在我眼前的,是干净整洁的高低床,热水壶、茶杯摆放得整整齐齐。

我不禁想起20多年前,我读初中时住校的场景——一个用红砖横木搭建,用稻草铺就的大通铺,睡了几十号人。看到如今的变化,看到孩子幸福的笑脸,我不禁眼角湿润。

走进课堂,检察官们为孩子讲授法治课,送去普法书籍、文具和慰问品。孩子们脸上,都洋溢着阳光灿烂的笑容,一张张笑脸像一朵朵盛开的花。

在老师的指挥下,孩子们与检察官齐唱《中国少先队队歌》,嘹亮的歌声穿过教室,飞向云霄。我的心,也在歌声中,飞向远方……

返程路上,云在山间飘荡,像新娘头上的白纱,像少女肩上的丝带。白色房子隐在云朵之后,藏在青翠之间,若隐若现,宛如世外桃源。脚下是山,抬头是云。一条整洁通畅的扶贫路,连接着苗乡的静谧与山外的繁华,见证了重庆市人民检察院扶贫集团三年多来的时光。

那一刻,我真的舍不得离开。

（作者系重庆市人民检察院干警,重庆市作家协会会员,重庆市散文学会会员,重庆新诗学会会员,中国摄影家协会会员。此文2021年2月6日选登在重庆华龙网新重庆客户端"鸣家"）

云上苗乡帮扶记

满宁　雷丙杰　张博　李盼盼

"坚决打赢脱贫攻坚战,确保到2020年我国现行标准下农村贫困人口实现脱贫,贫困县全部摘帽,让贫困人口和贫困地区同全国一道,进入全面小康社会。"

重庆,全国脱贫攻坚的主战场之一,在党中央、重庆市委的领导之下,包括武隆区后坪苗族土家族乡在内的18个深度贫困乡镇,脱贫攻坚进入决战"倒计时"。

2017年7月,重庆市委政法委扶贫集团成员单位全力帮扶后坪乡,重庆市检察机关定点帮扶文凤村……

锚定穷山窝,啃下硬骨头

后坪乡位于武隆区东北角,与彭水、丰都两县交界,是2009年被批准设立的少数民族乡。文凤村就是乡政府所在地。由于交通闭塞,一直未

◆ 党建引领 （江泳/摄）

能摘掉市级贫困村的帽子。

精准扶贫、精准脱贫，当首聚检察之力。重庆市检察院党组坚持深学笃用习近平总书记扶贫工作重要论述、视察重庆重要讲话精神，在重庆市委和最高人民检察院的坚强领导下，按照重庆市委政法委扶贫集团的统一部署，把打赢脱贫攻坚战作为重大政治任务。在市委常委、政法委书记刘强的亲自指挥下，市检察院扶贫集团紧紧围绕把后坪乡建设成为"交通先行扶贫示范乡镇、高山民族风情示范小镇、文旅融合发展示范乡村、基层社会治理示范乡村"总目标，抓重点、补短板、强弱项，形成了市检察院、一分院、三分院、五分院和武隆区检察院集团式帮扶，并推出了党建引领、产业帮带、法治建设等一系列"硬核"举措。

市检察院党组书记、检察长贺恒扬两次带队到文凤村蹲点调研，召开现场会访村情、挖穷根、找出路、破难题。市检察院党组副书记、副检察长陈胜才等领导多次组织研究对口帮扶工作。2019年,市检察院党组班子成员、五个分院检察长悉数到文凤村开展调研。

检力下沉、检智上山。

刘千武,市检察院一分院副巡视员,2019年9月被重庆市委政法委扶贫集团选派到后坪乡担任驻乡工作队队长,成了乡里的"教育队长";邱靖杰,市检察院三分院检察事务部副主任,2017年7月他来到文凤村担任驻村第一书记,扎根4年,被乡亲们亲切地喊成"邱书记";叶新灿,武隆区检察院选派的驻村骨干,是乡亲们心目中的老黄牛……

他们只是检察驻村扶贫的一个缩影。

近三年来,重庆检察系统厅级以上干部36人到文凤村调研累计125天,处级干部150人实地开展帮扶工作累计600余天。

◆ 心连乡亲 (江泳/摄)

◆ 场镇旧貌 （江泳/摄）

扶贫千万招,党建第一招

翻开文凤村的"家底账"——2017年下辖6个村民小组,共345户1328人,其中低保户30户56人,残疾人29人,五保户11人,有8户28人是建卡未脱贫户,贫困率2%。

市检察院带头、党组带头、领导带头,机关党委牵头、职能部门协作、综合部门保障,全面强化精准扶贫的党建领导,压实对口帮扶的党建责任。

党建扶贫的引擎启动。市检察院扶贫集团把文凤村确定为全市检察机关党员教育实践基地,与文凤村党支部开展结对共建,组织党务干部到文凤村党支部上党课,加强对驻村第一书记的工作指导,有力地促进了文凤村党支部建设。

"两不愁三保障"是聚焦点。以建卡未脱贫户为重点,以相对困难群众为帮扶对象,抓实抓细党建帮扶、爱心帮困、上学资助、消费扶贫等举措,把党的温暖送到了群众的心坎上,把扶贫与扶智相结合,有效地激活了群众的内生动力。

2020年初,新冠疫情突如其来,为了把影响降到最低,各成员单位组织230余名党员干警开展"汇聚党员力量服务脱贫攻坚"主题党日系列活动,走进文凤重温入党誓词、重走红军路、走访老党员、开展爱心慰问、消费扶贫,为该村带来食宿、农产品采购等"扶贫消费"50余万元。

三年来,扶贫集团对建卡未脱贫户、老党员、留守儿童慰问物资21万余元;对23名大学生、研究生给予一次性资助11.8万余元;捐赠"爱心"衣物1500余件、图书2000余册。

◆ 拳拳初心 (李柏阳/摄)

◆ 扶贫党课 （李柏阳/摄）

农文旅融合，引来产业源头活水

坚持生态优先、绿色发展，注重农文旅融合，让绿水青山变成更多金山银山。

文凤村最高海拔1400米，夏季气候凉爽宜人，更坐拥中国传统古村落天池苗寨、红二军战斗遗址、百年红豆杉古树、苗王山、洪山湖等丰富资源。如何助力文凤村"山区"变"景区"？

2018年以来，市检察院扶贫集团积极争取市文旅委、市水务资产公司、市农委等部门支持，自筹、协调资金1200余万元，帮助文凤村加速推进农文旅融合发展。

平台建设是第一步。市检察院扶贫集团筹资500万元，支持文凤村搭建平台。修建便民服务中心，打通了服务群众的"最后一公里"，村支两委凝聚力显著增强，党员干部精气神焕然一新。

项目帮扶是第二步。市检察院扶贫集团帮助自筹产业发展启动资金，帮助建起了中华蜂养殖场，去年首产蜂蜜300余斤，7户建卡未脱贫户每户分红5000元；帮助改造老茶山150余亩，发展高山生态鸡养殖，使50余户村民增收50余万元。与此同时，市检察院扶贫集团协调资金82.5万元，帮助升级改造石板路4.5公里；筹资10万元建起"后山里"电商馆、文凤村"苗王寨一品乐"电商馆；积极助力44户村民以田、土、林、房10年经营权折价入股建起了精品民宿，倾力打造"天池苗寨"旅游胜地。

品牌推广是第三步。邀请知名摄影家、书法家、诗人、作家到文凤村采风创作，在互联网平台推送高质量摄影作品500余张、文学作品10余篇、书法作品30余幅，重庆市散文学会副会长糜建国的长篇散文《家住寨上》发表在《人民日报》，打响了"云上苗寨、幸福后坪"的文化品牌。

游客来了，山货火了。乡亲们都说，家门口有了"聚宝盆"，再不用外

◆ 林下蜂蜜 （张华/摄）

◆ 高山生态鸡 （张华/摄）

出打工了！

　　2019年9月开寨以来，天池苗寨共接待游客4万余人，实现旅游收入460余万元。

法治扶贫，激活乡村治理

　　将检察职能深度融入脱贫攻坚，为文凤村注入了法治力量。

　　围绕助力打造民主法治示范村，市检察院扶贫集团集聚三级检察机关法治资源打造"法治扶贫工作室"、服务乡村振兴"流动检察工作站"、"莎姐工作站"，助推文凤村加强"三治"融合、提升乡村治理。

　　依托"莎姐大普法"法治品牌，市检察院、三分院和武隆区检察院三级联动，精心组织"莎姐"进校园活动，呵护农村孩子在阳光下健康成长。

　　发挥检察机关公益诉讼职能，检察干警常态化开展巡山、巡湖、巡田等工作,助力打造山清水秀美丽之地。

深化"枫桥经验"重庆实践行动,市检察院第三分院在后坪乡设立了农民工维权岗,先后帮助杨世才、邓维荣、冉雄等村民群众协调解决追讨欠薪问题。

党员受教育,群众得实惠。一招先手棋,盘活的是文凤村党组织脱贫攻坚的战斗力、原动力,凝结的是村民群众"永远跟党走"的感恩之情。

"党的政策好哟,共产党的恩情说不完哟。"82岁的山歌能手潘学周唱起山歌。文凤村最后脱贫户何祖华说:"高兴,高兴,祖国伟大,祖国伟大,高科技,无数人的心血。"

一年一个样,三年大变样。"市检察院及其成员单位用心用情开展了帮扶,措施有力,载体丰富,成效很好。"市委政法委扶贫集团办公室负责人龙先国说。

2019年底,该村8户建卡未脱贫户实现全部脱贫。脱贫攻坚三年多来,后坪乡荣获全市文明村镇称号,天池苗寨荣获"重庆十大文旅新地标""十大美丽村庄",文凤村获评"全国乡村旅游重点村""全国红色村组

◆　情系文凤 （江泳/摄）

◆ 科技下乡 （陈伦双/摄）

织振兴试点""全国首批脱贫攻坚考察点"等殊荣。

后坪乡党委副书记、乡长刘加海感叹："检察扶贫是扶真贫、真扶贫，扶到了我们老百姓的心坎上，扶到了点子上，效果非常好。"

苗王山下花盛开，法治村中引客来。"扶贫红""生态绿""检察蓝"三色辉映，"化茧成蝶"的后坪乡文凤村如期打赢脱贫攻坚收官仗，正朝着乡村振兴新目标阔步前行……

（此文由重庆市人民检察院机关党委办公室、政治部宣传室共同提供，系专题片《云上苗乡帮扶记》解说词，该片于2020年10月在重庆市人民检察院扶贫集团对口扶贫文凤村现场会暨重庆市人民检察院2020年第9次党组中心组学习扩大会上展播）

诗歌
shige

一座山的香气（外一首）

傅天琳

◆ 香雾缭绕 （范光富/摄）

苗乡人一生藏着太多岩石、水
太多陡峭，太多艰辛
苗乡人厚道
宰全羊炖全鸡摆长桌宴招待客人
大灶上悬挂的铁鼎咕噜咕噜
熬出整整一座山的香气
一锅肉汤
漂着羊血羊心羊肺羊肉萝卜青
菜葱
滚沸的形式在寒夜多么暖人
忽想起房前木柱上两只兽角

似牛非牛，似羊非羊，皆为神灵
想起晨间那群白羊
小蹄子点点点点
正缓缓走向山顶
悬崖之上云雾之上
采摘最高的那棵草
唇边沾满露水和第一缕晨曦
它们才是苗王山的王
一位客人，夹起一筷子羊肉
吃出了祭祀的味道
心生无限敬意

来啊,诗人

来啊,诗人
来我们自己的鸟巢自己的家
我们的家在天池苗寨
离天空最近离泥土最近
能给你翅膀,给你根
如果你是和李白一样斗酒诗百篇
的人
你尽可以举起门前的月亮湖
与诗仙对饮
如果你对路途心生畏惧
就去祭台高搭的苗之乡
拥抱赤脚踩过刀山的兄弟
如果你不懂何为敬畏何为感恩
就去拜一头牛,为仙
拜一头羊,为神
拜一群翻山越岭来帮助脱贫的人
为大老师大诗人
家里有火,诗歌
不敢轻易说冷。
家里有酒,
诗歌
不敢轻易说愁。

家里人的眼泪都埋在树下
浇灌了苗王山庞大的根系
你要谦逊地来
向八旬老人学唱山歌
情歌种子会落满你干枯的掌心
你还要佩戴银制的花朵、蜂鸟和
羽毛
摇响一地叮当
认识牛图腾羊图腾还有鸟图腾
今夜,你必须到篝火中去
到跳动的苗族文字中去
与这群光焰四射的人
连续跳上三天三夜,七天七夜
和他们在一起
手牵手,从容地
迎接生活的全部苦涩和欢乐

(作者系当代著名诗人、作家,重庆新诗学会会长。出版诗集、散文集、儿童小说集20部。作品曾获全国中青年优秀诗歌奖,全国首届优秀诗集奖,《人民文学》《诗刊》《中国作家》《星星》优秀诗歌奖,第五届鲁迅文学奖,冰心儿童图书奖,全国女性诗歌杰出贡献奖。此文刊登于《重庆晚报》2021年3月12日第4版"夜雨"副刊)

在云上苗寨中举起目光

王明凯

◆ 深山人家 （熊力/摄）

现在,让我们聚焦文凤
在那片新生的景区中
举起惊艳的目光
从岁月发黄的折页里
读远去的盐茶古道
看今日苗寨
旭日东升的色彩与光芒

娓娓道来的昨天

在人头山的皱褶里盘腿打坐
驿道上的马蹄声随风而去
日子却留在大山里苦苦煎熬
老人没有越冬的寒衣
雪地里露出孩子们冻红的脚趾
单身汉的名字排成了长龙
娶回家的女人,又含泪私奔了他乡

新的太阳一照亮山坳

日子就振作了精神

在拔掉穷根的土地里种上新苗

沐浴了精准扶贫的春风春雨

一朵一朵地开花

一串一串地挂果

一天一天,长成丰收的喜悦

和云上苗寨,蒸蒸日上的风景

沿着蜿蜒的公路

把远方的客人迎进山来

去太阳湖的涟漪里,钓幸福时光

去月亮湖的凉爽中,听荷叶的心事

去新建的乡史馆和非遗所

寻久违的记忆与乡愁

让那架瘸腿的风车回到童年

述说淌过的湖水与山坡

拧亮墙头那盏老掉牙的马灯

照亮孩子们琅琅的读书声

照亮远方游子,回家的路线与行程

入夜,就宿在苗寨的月光里

听知了在头顶唱歌

任白云在身边缭绕

用喝了三大碗苗汤的兴奋

点一堆熊熊燃烧的篝火

跟随苗家阿妹那翩翩起舞的脚步

在转成圆圈的旋律中

跳出今日文凤,如痴如醉的诗行

(作者系著名作家,重庆市作协荣誉副主席,重庆市作协原党组书记、副主席,在《中国作家》《诗刊》等30余家刊物上发表小说、诗歌、散文、文艺评论等500余篇。此文刊登在《重庆晚报》2020年8月7日第3版)

苗寨,春之旅

王淋

一

有些旅途注定与春天有关
有些人注定是一只报春鸟
中巴车一告别贺龙塑像
领队的检察官便开始介绍行程
这个从大山里走出来的年轻人
心中装着太多的山水,以至于
他说起后坪就像在说身上的一块
皮肤

他说几年前开车去后坪要走七八
个小时
而现在小半天就到了
他的话语在车厢里流淌
掀起的每一朵浪花都让人心动
按照行程安排,我们
将比春天提前一天抵达苗寨
也就注定了在这里邂逅春天

◆ 高山翡翠 (潘光侠/摄)

二

途经大田湿地停车参观
这是一块冬水田,一眼望不到边
无数的残荷还在冬眠
两株高大的麻柳站在田边
举着光秃秃的树枝,像举着一些
往事

田野空旷,安静,仿佛在等待着
什么
也许是一场盛大的集会
荷叶和荷花布满整个大田
那是土地的节日,农民的节日

◆ 荷塘春深 (陈伦双/摄)

三

在山里迎接我们的第一书记
是一位敦实的后生
四年的扎根,使他
成长为一棵壮实的果树
他的每一句话都带着果实的芬芳
黑红的脸庞,分明是山里的土地
洋溢着春风

四

在后坪乡村小
塑胶操场和巨大的壁画
以及旗杆上轻轻飘动的国旗
还在静静地回味那场没有硝烟的
战斗
那些重于坦克的车辆载着希望
碾过险峻,碾过贫瘠
碾过山里孩子们的哭声
汗水浸泡工地,号子灌满山谷
才长出了这漂亮的鸟巢

正值寒假,等到开春
孩子们就会快乐地飞来

五

在后坪坝苏维埃政权遗址
我看见了苗乡最早的春天
当年参加赤卫队的条件
每一条都充满正义的力量
在木匠屋和电商平台
历史和现实携手,书写着
苗乡人的勤劳和智慧
每一样陈列的工具和特产
都带着岁月的体温

六

苗寨是苗乡俊朗的脸庞
太阳湖和月亮湖是两只眼睛
也是图腾
一位老人在木楼前拉着胡琴

◆ 苗家姑娘 （杨平/摄）

悠扬的琴声像是苗寨的话语
苗家少女循着琴声来到湖畔
站上倒扣的背篼翩翩起舞
举手投足,挽着一缕春风
在苗寨,每一栋木屋
都有一只火盆

七

在苗寨大讲堂
诗人奶奶先给孩子们送书讲诗
温暖的嗓音,浇灌着苗乡的未来

然后挂牌,让诗歌回家

八

山歌飘过来了
一种古老的调子,装着时髦的新词
就像老瓶装新酒
唱歌的老人自娱自乐
那是苗乡的洒脱

◆ 苗山云海 （张华/摄）

九

一路的羊肉汤、刨猪汤、长桌宴
苗王山被扔进了锅里,煮出了特有
的香味
饭桌上的热气蒸腾,像山间的云雾
端起醇和的米酒,有人开始祝酒
模仿伟人的语调,表扬了驻村工
作队
场面一时火爆

十

篝火燃起来,锅庄跳起来
城市和乡村手拉着手

围着篝火逆时针旋转,越跳越年轻
这个夜晚,很多诗开始发芽
老阿姨接过话筒就唱起了《北
风吹》
她想她的弟弟回家过年
歌声在夜色中飘散
远方的亲人,你可曾听见
是夜,立春

（作者系重庆出版集团副编审,重庆市作协会员,中国诗歌学会理事,重庆新诗学会副会长兼秘书长,《银河系》诗刊编辑部主任,荣获重庆新诗学会"银河之星"奖。此文 2021 年 2 月 25 日登载在华龙网新重庆客户端）

文凤村,向上生长的风光(外一首)

郑劲松

选择向上

向上,穿过盘旋而上的道路

像曲笔书写的历史

向上,穿过路边的鲜花和荷塘

那只是飘香的路标

接近核心只能向上

向上穿越云雾

接近山尖之时我终于住进了文凤村

像迎接一只疲倦的鸟儿回巢

像传说中的凤凰找到梧桐树

像一个安静的词汇进驻一部经卷

诗意地栖居无非这样

云上的苗乡,以一串亲切的鸡鸣

狗吠

以满天的星斗和一轮圆月

以跳动的火苗,一曲锅庄舞接我

回家

◆ 云山之间 （潘光侠/摄）

在文凤村,月亮和太阳是两面镜子
照得见幸福与乡愁
更是两碗清甜的米酒啊
浸泡着天光云影浸泡着飞鸟划过
的弧线
还有阿哥阿妹的情歌
一饮而尽我感到
通体透彻洗心洗肺的沉醉
是的,这里的时光刻度向上
这里的歌声向上飘扬
这些树苗向上挥动坚强的枝丫
这一片葵花、核桃、辣椒向上欢笑
这一屋子的读书声,向上破开
白云,
与阳光接壤

向上,是一种信仰
向上,是一种力量
向上,是一种梦想
选择向上,就是选择一种美好的
模样
文凤村的风,吹着我向上
文凤村的文,早已烙在我的心上
有关文凤村的诗句,
应该写在青山绿水间
写在蓝天白云上

在苗寨山路遇见红军

春寒料峭,他仍然穿着单衣
比我瘦,比我高
一段历史让他血肉丰满
一把火炬照着他高耸入云
脚上的草鞋是纪念馆那双
是教科书、连续剧中那双
这草鞋,可能有铁的成分
向前,向上,踩在石板路上叮当
作响

何其幸运,在苗寨背后
我一脚踏进二路红军的历史
苏维埃乡政府就在前方山上
在时间的坐标上方
在蓝天之下在白云之上
而这位战士,一定是甄别我的身份
之后
前来接我上山领我进入鲜为人知
的密道
时光不冷,我和路边的枯树热血
沸腾

我摸摸他左肩的枪管
好烫!空中飘来一股火药香味
火药,也是一味药啊
我深吸一口入肺软骨病瞬间治愈

我大步向前追赶历史　　　　　两双手紧紧地握在一起
果然听见山中枪声大作　　　　像是儿子攥着他深爱的母亲
看见殷红的血流进石缝里的土地
而后，一朵朵金盏菊迎风盛开　　水，也跟着队伍上山了
一群蜜蜂开始采蜜　　　　　　顺着战士的枪尖所向
这个战士突然转过身来　　　　"红军取水处"五个大字鲜艳夺目
迎上一位裹着头巾的苗族阿妈　　在一处石崖之下我捧起甘冽的
那一篮子煮熟的土豆还冒着热气　泉水

◆　四川二路红军游击队战士塑像　（陈伦双/摄）

听见咕噜咕噜饮水的声音
干净的血液淌过英雄的灵魂
我看见一片枯枝在阳光中沐浴
水浸过苦涩的土地
一层层向山下蔓延
枪声过处石缝间的种子渐渐变绿

当我大汗淋漓走上山顶
看见一块字迹斑驳的石碑端坐
田埂
那个战士已爬上一尊巨石
举枪，吹号，展开一面旗帜
随后，满山沟的泥土、石头、瓦砾、
树木
迅速集结一座寨子人声鼎沸
90年前的时光重现
为自由与平等，血与血在这里起誓
一串火把照亮夜空
红色的星斗唱起山歌……

山歌接着山歌
岁月连着岁月
其实，旗帜也连着旗帜
队伍也连着队伍
站在山顶，回望整个村庄
我看到了一场向贫困冲锋的战争
胜利日，那些跟着我上山的云雾
说着一大段一大段的故事
云开雾散霞光万道
从这条红军小道走过
这头还是冷清的冬天那头已是
春天的繁花似锦

（作者系西南大学档案馆、校史馆、博物馆副馆长，重庆市散文学会副会长，北碚区作家协会副主席兼秘书长，曾获孙犁散文奖、徐霞客文学奖，连续三届《重庆晚报》文学奖等，出版有散文集《永远的紫罗兰》等。此文部分选登在《重庆科技报》2021年1月7日第16版）

苗寨新歌（组诗）

张天国

云上苗寨

在烟霞缭绕里
在梯土层层叠叠的托举里
在天池的倒影里
在仙女山飞舞的裙摆里
在蚩尤的传说里
在苗王化石成峰的思念里
我来了才知道，你在千古聚散的
云上

一座苗寨
云来云往，云舒云卷
雪梨状轮廓
乳色悬崖，玉树琼草，连牛哞鸡啼
也散发水晶气息
一夜春风拂去千年尘埃
我叩响寨门
自带神话和梦幻

古井瑶池，沉思清澈
静静地把天空映照
青苔石阶

让从花苞里出来的小康生活
步步登高

丰收节的篝火，摆手舞的喜悦
搅动满寨花香
那更浓的是酒，让我一来就醉

星辰下的群峰，黎明前的梦醒
山歌扇动的翅膀
原生态的村寨，鼓锣的心跳
全让远古的胎记闪耀
再闪耀

苗民戴斗笠、披蓑衣，荷银锄
从典籍里走出来
把太阳从山顶背到山下
再把月亮从东坡背西坡，回声
在苗王山的绝壁上游荡旋律
苗药高悬峭壁，从未关闭灵性
有的是妙手回春
治愈贫穷大病

牛角吹开薄雾
飞檐上的喜鹊，在霞光里报喜

◆　农家晒坝 （袁兴碧/摄）

老人自编的后坪调扶贫歌
把苗寨抬到云上
如同整洁的天堂

那座山

云雾里晕头转向的山雀
不知道苗王山
在天上还是在天下，当年苗王在苍
茫间
登高一呼，群山蜂拥而至

围捕捉拿仙女的天兵天将
乌云样崩溃
空有朝天怒目的眼神

无力回天
满山满野的合欢花传说般盛开
升起的再不是孤独的鹰

爱不缥缈，苗王终身不娶
化成一座山
仙女藏在山的怀间

苗王梦，在飞瀑流泉，鸟语花香中
时时浮现
他坚硬而柔软的额头上
出现红日一团
他端坐峰峦之上，让孤独称王

爱情之花，怒放，凋谢
凋谢，怒放
谁说苗王空怀一腔柔肠？谁说

爱情走了？而苗王
成为了苗民们头脑中的山峦
永远屹立
遮风挡雨，滋养护卫
一方生灵

那条路

那条摆在云间的路
那条山歌无比陡峭的路
那条藏满弓箭的路

那条红二路军打游击的路
那条饥肠晕眩的路
那条失眠的路
那条石缝里刨食土豆的路
那条看不见谈情说爱而无比冷寂
的路
那条疼痛的路
那条肩扛日头下山两头漆黑的路
那条冰雪凝冻的路
那条泥泞朝天蟒蛇肆意横穿的路
那条布满毒咒的路
那条祖辈重复祖辈不见出路的路

◆　天池如玉　（张培森/摄）

那条痛苦尖锐如荆棘的路
那条看见屋走得哭难进家门的路
那条深藏在仙女山脉的路
那条苗王看重的路
那条突然容光焕发的路
那条兴奋得一夜间变宽了的路
啊！那是一条扶贫资金多过树叶
的路
那是一条崭新的路
那是一条脱贫攻坚奔小康的路
那是一条从龙溪大桥出发
47公里铺到后坪村的二级柏油路

那是一条驶来了迎亲轿车
百鸟学舌喇叭声，抖落羽毛上的
尘埃
追逐着飞向城市的路
那是一条车中的老苗民，笑握手机
扫着二维码
把旧旋律改新谣曲，在摆手舞中
用大腔大调，大红大绿
惊喜地筑造的路
啊啊！那是一条画圆了千古大梦
的路
大吉大利的路

◆ 苗寨鸟瞰 （张培森/摄）

大富大贵的路,幸福朝天的路
金光灿灿的路

那群人

他们,那群人
来自重庆政法,重庆检察
来自从北京
传递到村寨的红头文件
那群人,金灿灿
用帽上的国徽照亮前路

他们用日出当起点
引着自己出发
脱掉皮鞋穿水鞋,从山下攀缘到半
山腰
手抓荆棘,一步三滑
到达苗寨时
脸上铺满的不只是红霞

他们不惧大雪封山
在茫茫雪原里,脱掉制服,换上百

姓衣
操着百姓腔
在文凤苗寨走村串户
土碗喝土酒,大碗倒土茶
学山歌,唱民谣
汉苗牵手一家亲,时光
瞬间艳如山茶花

他们筹资建学校
村村通,欢歌笑语覆盖了羊肠小道
他们改建场镇,整改危房
互联网信号
连通了前山后村
微信语荡漾,家家户户的吊脚楼
标上了宾馆房间号
蜂拥而至的游客,抛下都市里烦躁
身携白云
游走在1200米海拔上的风景里
全是神仙模样

他们白天登上山寨
不只期待奇迹出现
更希望引领富裕上山

◆　场镇全景　（熊力/摄）

他们夜晚仰望星空，在银河岸边
用遐思，描绘出
一幅幅壮美的脱贫攻坚图

他们让包装精美的土特产
走出深山
拥挤在商务中心和电商平台
只听见二维码
扫出的声音，宛若钱潮滚滚
自豪，从此后浪推前浪

他们心怀壮志
路灯上的牛角图腾，因此闪烁激情
太阳湖，月亮湖
交替辉映着村落，用的是赤诚之心
雨露之光

哦，仙境在人间

在那群人
在他们扶持起来的新农村
苗山苗寨，高高矗立，幸福如同
甘甜沁心的山泉自来水，润喉润心

噢，炊烟升直
欢乐不再弯腰，苗家从梦中醒来
推窗眺望，那群人，他们
早已来到窗前
像新的一天，又有喜讯

（作者系中国作家协会会员、中国诗歌学会会员、中国散文学会会员，曾获得重庆第二届"银河之星"诗歌奖，《重庆晚报》文学特等奖，出版报告文学五部和诗集《天国之歌》《流动的水墨》。此文部分选登在《重庆晚报》2021年3月12日第4版）

在后坪苗寨立春(组诗)

大窗

在后坪苗寨立春

今夜,请别打扰我
我的精力都用来搭建花架

我忙着修桥,补路
为回家的春天,设置路牌

我要乔装盲目,失聪
故意不理睬大家

容我独自消化一点苦,寒
和笑容背后的泪

看上去内敛,有涵养的样子
也坚持不泄露幸福

是的,我正要预备请柬
盛情邀请,你们都来这里剪彩

立春之后

我看见冬天的积雪一点点融化
树枝斜伸手臂,小路指向天空
湖面渐渐变得明晰,溪水汩汩淘淘

之后,阳光接管了这一切
登高望远,只见万物柔软,明媚
芒草擎起风声,蚂蚁调试号角

云层拉开序幕,长尾鸟迎风飞翔
梯土大面积开垦,种植者把秘密
打开
立春之后,时间会长满什么

亲人们索要的幸福,简单至极——
四季都平安,要过年了
想念的人从风寒中走过来,不再
遥远

未曾谋面就怀揣鹿子的心跳

◆ 云中苗寨 （范光富/摄）

猛虎般的爱。每天都有温暖的迎候
一切虚假都褪去外衣,走在实际的路上

苗寨,月亮湖
——和沙区作协武隆采风随记

月亮湖,似乎从来没有过繁华
我们没有去,阳光也缺席了好些日子

冬天冰凉的手掌拂过来,有些猝不及防

湖岸的枯树和藤蔓颤抖,迟疑
为困守一点热量,不惜放弃尊严

但并不妨碍,其他越冬的事物
收集明亮的光线,它们与我心意相通
预测在冬天深处,暗藏了惊喜

近处山峦上的白云,比我想象的
还要干净,柔软和庄严
整个下午,她们不停息倒映在湖水中心

我禁不住要喊出——

◆ 月亮湖景 （袁兴碧/摄）

"我有洁白的知己,请污浊的人
走开"
今天,我逃离一切——
抄袭,逢迎和谗言,以及一切奖项

到达天池苗寨,隐居在月亮湖畔
在野花和风的翅膀之上
我把成吨的温暖,留给漫长的一生

在武隆,应有一场失眠

此时夜深,我无羊可数
细听窗外,以为是昆虫鸣叫
再细听,原来是耳鸣

这些年从雨声中很难觉出寒意
雾气从窗前绵延而过。一星灯光
独自闪耀
迷糊中,我点燃一堆潮湿的篝火
一个人反刍

我爱的人在尘世间。她们不来赴
我的晚会
这武隆山中的岑寂,静美
让我无觉可睡,我要耗费整个晚上
用一场失眠来回报

(作者本名罗雄华,系重庆市九龙坡区作协主席,曾任《大风》诗刊编委,在《诗刊》《星星》《上海诗人》《西部》《重庆晚报》等报刊发表诗文900余篇,诗集代表作《坐在一丛花中想象时光》《集会》。此文2021年3月13日登载在上游新闻"云上苗乡诗歌特辑")

苗寨山歌

吴沛

山歌里挂着大红灯笼
在天池苗寨，群山托起歌声。
蜜蜂在这曲调里穿梭忙碌
它们筑巢，采集歌声里的花粉
纯净的甜蜜装满生活的陶罐。

歌声在泥土里开花结果
幸福的果实，挂满时代的枝头。
唱歌人嗓音发蓝，像头顶的天空
人们顺着歌声飘动的方向
将幸福挂到天上，点亮了满天
繁星。

寨子里天空很近，我们叫它云上
云朵里挤出的山歌，像人们眼中的
星群。

（作者系重庆市作协全委会会员、武隆区作协主
席，著有诗集《隔窗听雨》《酒和宋词之间的时
光》等，获第八届重庆文学奖诗歌奖。此文2021
年2月22日登载于武隆网）

◆ 苗寨一角 （潘光侠/摄）

后坪·苗王山(外四首)

子磊

山是昂起的头颅,向着无边的湛蓝,把宿命的转轮,纷繁的尘世化作沉默不语的歌。

我和你的相遇,像林间的风,掠过树梢,惊起一只长尾雀的裙袂,飘飞成悠扬婉转的一排诗行。

你孤悬于云端,俯守于山川,把河流、村庄、炊烟、牛羊点洒成一曲流动的乡愁。

没见过昔日苗王的风采,我在挺立的岩石里寻找你的骨骼与血脉。在你路旁的杜鹃丛里寻找昔日的欢声笑语。

云彩在你胸膛上行走,走成羊群欢快的心情。走近你,你怦怦的心

◆ 田间时光 (张华/摄)

跳正与山脚下的庄稼共呼吸，春风秋雨，夏雷冬雪，日夜守护着这好山好水的人间胜境。

当太阳落山，天色渐暗，我与你分离。可无论我走向何方，都能与你的眼神相遇，与你的心怀相通，感受你心系苍生的博爱。

武隆·天池苗寨

清晨的苗寨，宛如一个熟睡的婴儿，在云雾里。白云伸出柔软的手臂摇着山寨，把黑夜送走，让冬日的风飘过……

群山环抱，云海缥缈，如水柔和的云，亘古屹立的峰。云将山峰淡化成轻烟，又悄然滑入寨子里。乳白色的五线谱飘散空中，似梦亦真，是慢板，是柔拍……空灵、婉转……

雾霭化作水滴，从飞檐上低落，寨子愈发温顺安静。鸟儿停在落叶已尽的枝丫上，疏影横斜，又倏然飞过，荡起层层涟漪……池清水浅，惹起绵绵乡愁。

水是苗寨的精魄，默默无语又心怀天下，载着晨曦初露的梦，浮现出亘古的容颜，一切又沉浸在希望之中。

碧玉盘的太阳湖是云上的天池，风姿绰约，清澈妩媚，静如处子。岁月千年，与蓝天、白云厮守，守着自己的誓言，永远离不开的柔情似水。对镜理云鬟，回眸娇阿依，池水映着黄昏的火焰，滋养出纯银的嗓音，沁人心扉的歌声……

篝火燃起来，手与手相连，跳起来，唱起来，苗寨的山歌在泉水里浸过，那个八十一岁的娇阿依歌声像玉珠儿落在银盘上，泉水醉了的山歌，泉水一样美妙。

苗家有美酒，美酒敬宾客。酒是水的灵魂，藏着火一样的热情。纯

◆　苗王阁　（张华/摄）

粮经过糖化、沉淀、发酵、积累而逐渐弥香四溢的过程，是村民从贫困到
小康，从沉默中绽露笑颜的过程。酒不醉人人自醉，醉了，就眠在月亮
湖畔。

　　曾经的泥泞与贫瘠、孤清与冷寂，填满了昨天的沟壑。

　　衰草一岁岁枯荣，巴茅又迎风低吟，一拨又一拨脱贫攻坚的队伍来
了，坚守着承诺，助力脱贫攻坚。散文家、诗人、书法家来了，在后坪乡，
在文凤，在苗寨……出谋划策，挽起手来，精心勾画着苗寨的蓝图。

　　"穷窝窝"已成示范村，云朵也在欢快地歌唱，红日洒下万道霞光，把
苗寨的明天辉映得明亮多彩！

山村残荷

在风中,在雨中,在隆冬的边沿
瘦削的女人手拉着手
悬空的摇荡,仿佛忘记了一切

白鹭寻觅梦里的倩影
风过后摇摆着裙衣
游丝的记忆或者永恒的回忆
湮没在深水中

白云洗去天空的纤尘
却将你的血液与光芒抽离
在暗黑的深渊之下
惊蛰的雷声

等待唤醒出水的新生

在武隆的群山里

群峰涌现,薄雾缥缈……

我是在你起伏的肌肤里缠绵
随那朵白云升腾,惊鸿一瞥中
这致命的诱惑,让人深陷于你的柔
情与
执着

你的爱笼罩着十万亩大山
茫茫林海,风掀起松涛阵阵

◆ 云海雾罩 （范光富/摄）

所有的山峰都扶摇直上

所有的溪流都从你胸膛流过　　　　河道狭长，给风留下穿过的通道

蓄满蓝宝石的忧伤　　　　　　　　你眺望桥头流动的车灯

　　　　　　　　　　　　　　　　一切仍在按部就班

峡谷幽深，全是拔节的刀锋岁月　　行人来回移动

　　　　　　　　　　　　　　　　在风中，遇见一个陌生的自己

山道弯弯，青烟袅袅

白云深处村庄远小　　　　　　　　在即将消失的路的尽头

欲言又止的旧商店　　　　　　　　城市的烟火更加低调

在冬日的雾霭中挂满尘土，和沧桑　所有的声音消融在江水里

只有5G手机里播放着

最新鲜的故事　　　　　　　　　　你独自穿过午夜的大街

　　　　　　　　　　　　　　　　丢掉了多年前的影子

山雀子飞过，它们喊道：

"变了，变了——"

武隆的夜

（作者本名张建敏，系重庆市作家协会会员，重庆新诗学会副会长，有诗歌散见于《诗刊》《重庆晚报》《几江诗刊》《零度》等报刊，曾获得重庆2016年"银河之星"诗歌奖。此文2021年3月13日登载在上游新闻"云上苗乡诗歌特辑"）

把两岸的灯光全部摁进江里

让星星眨着眼睛等你

立春,向你出发(外二首)
——致云上苗乡

泥文

是的,那么多声音在拼命涌动
在霜雪覆盖下。在你经过身边
之时

想将触角探出来,吸引你的注意
想将头颅从霜雪里伸出来,让你心
生欢喜

那么多声音——草的,树的,土壤
的,云朵的
鸟的,种子的,沉睡了一季又一季
的唐诗宋词的

向你出发。从一个芽苞开始而后
四面散开
在你周围。你是什么样子,他就是

◆ 春光明媚 (黄跃进/摄)

什么样子

你用楷书行走,他就是楷书的
你用隶书行走,他就是隶书的

你可以用行草行走,但不要用草书
这奔涌的声音,会伤心,会在你草
书的路径上

迷失。是该喊出山的模样

还是长成水的样子？才能与你的
图腾同行

篝火晚会

无人机登爬上夜空,不是为了带来
新奇
也不是为了照耀,它是为了见证

◆ 康庄大道 （李莉/摄）

这个夜晚,这个新时代燃烧起来的
夜晚
除了篝火的热度,还有我们的体温

苗寨的父老乡亲,定向扶贫的人
我们这些为生活记录的人,都在添
柴加火

这堆熊熊燃烧的篝火,这堆越烧越
旺的篝火
跳着舞着,在苗族姑娘的引领下

我这不会舞蹈的人,放下了对生活
的警惕
这是多好的时光啊,我爱上了

这一方水土,这在脱贫攻坚下翻新
的土地
我爱上了,比爱上自己还要多

如果……我可不可以走在你们的
路上
共同燃烧——生命的火——

九号楼:德耀阁

你面朝哪方,哪方就会有太阳临照
在云上苗乡,我知道你不能称王

你只是用写故事的方式叠加着
记录
你只是将苦乐与甘甜刻写进岁月
的册页

这里有德放射的光:脱贫攻坚的人
这里有楼阁小雅:苗乡人从风雨中
向上攀爬

我们都是你撰写的故事里的人
我们都是你故事里的大小主角

踩在你木地板的幸福时光
我不是第一个也不是最后一个

前者见证的有的我能看到有的看
不到
我见证的后者有的能见到有的不

能见到

它们都会是历经沧桑后累加起来
的蜜
它们都会是血与汗在乡村凝聚起
来的灯塔

（作者本名倪文财，系中国作家协会会员，重庆作家协会全委会委员。诗集《泥人歌》入选中国作家协会"21世纪文学之星"丛书2013卷，曾获2010年"全国十大农民诗人奖"，第二届"全国青年产业工人文学大奖赛"诗歌奖等多种奖项。此文2021年2月4日登载于上游新闻）

大美后坪（组诗）

刘晓霞

幸福的文凤村

与世隔绝。一条羊肠拐过十八
道弯
从东走到西，山巅上那个小山村
吹来的风含着大雪，河流找不到
源头
一间黑屋子，咳嗽声拉长了夜

一群专啃硬骨头的人
他们执意与这片荒凉相连
在贫瘠土地上
播洒阳光、信仰以及承诺

铆足劲将灰色天空擦得冒蓝烟
一团乱如麻，被重新理顺

◆ 稻香盈袖 （江泳/摄）

还弯下腰和粮食蔬菜、瓜果谈心
把1260天浓缩成一个幸福指数

第一书记,亲手采摘一缕春风
挂在文凤村墙头上
它已准备好,使出浑身解数
——吹绿这片大地

苗乡新貌

坐落在云彩之间的苗乡人
推开窗户,如同敞开辽阔心灵
不习惯虚张声势
喜欢开寨迎客,喜欢仰头看天

山间跑动着翠绿,有苗王阁撑腰
大着胆子,刚扑向一个山沟
一曲山歌就抄小路走来
原生态一亮嗓,太阳就爬上了半坡

苗家姑娘擅长飞针走线
绣品上,左手挑五谷丰登
右手绣风调雨顺

一只云雀,占山为王
立在风口处,探听
谁,将再次吹响那号角

◆ 花草含笑 (熊力/摄)

苗寨小课堂 堂课小寨苗 张洪

◆ 苗寨小课堂 （张洪/书）

面向苗王山，扑棱一声
——盘旋而上
······

苗寨小课堂

孩子们双眸里，湖水般清澈
闪动的星火，由于太过明亮
差点灼伤我的眼

你们是寨子里长出的小树苗
轻举叶片，没有翅膀也能飞翔
一部分刚钻出芽苞
怯生生地，做着四岁或七岁的梦

有些梦，不宜操之过急
先由一束蓝光引路
再刨开新泥土，乡情加以浸润
待它自然生长

一个梦催生另一个梦
像孵化雏鸟一样
让它一点点破壳而出

云上寨子

接近云端的人，按下快门
由于太过亲近，离你们不到
一个拳头的距离

眼睛不够用，就腾空身体
装满从山腰起飞的云雾、闻风而动
的流水
和肋骨生出翅膀的山峰
最好像树苗一样长在我的心上

寨子很小，但他们的心很大
对于没有上过刀山
下过火海的人，没有一点防备

殊不知,一群深藏不露的人
怀揣草木之心,背着刀剑
敢替路人击鼓鸣冤
还有本事把脚下的一条弯路走直

歌声,就像一根软软的皮鞭
来不及躲闪,抽打在那朵
百日菊的伤口上

山歌

有人摸着石头过河
有人手摸朝门石唱歌

他从春天唱到头顶上
降下大片的新雪
唱的是自己的先祖蚩尤
唱的是候鸟般迁徙的命运
当唱到太阳快要落山时
他没有半缕幽怨

歌声,一律从心中出来
用落叶的嗓子唱山歌
从高声部滑向低声部
每一句,仿佛碎片嵌入苗乡人
比石头还坚硬的骨骼

苗王阁

人间烟火与仙雾相纠缠
阁高处,不知哪位吹响了牛号角
谁也没有再跨入这道界线

苗王阁,脊柱上挂着一盏灯
白天采摘炊烟和沾晨光的露水
夜晚收集满天的星斗

一座楼阁,只留
几个清代的牛头镇守
它们个个身怀绝技
贵客迎进来
来路不明之人或敌人,请退后

那把重量大于石头的牛角

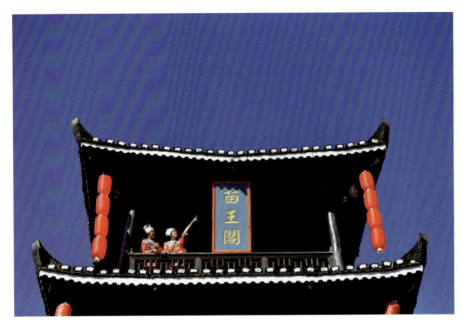

◆ 更上层楼 （江泳/摄）

是苗乡人的命根子
被日月星辰，擦洗得锃光瓦亮
有了它，悬吊吊的心踏实了

（作者系重庆市沙坪坝区作协会员、中国诗歌学会会员、重庆新诗学会会员，作品多次在全国征文大赛中获奖，部分作品入选诗集、诗刊《中国·诗影响》《中国风》《二月诗选》等。此文2021年3月13日部分选登在上游新闻"云上苗乡诗歌特辑"）

扶贫者

松籽

立春

冬风无力
在山坳处喘气
脚踝从落叶中突围
就被去年的暮色吞没

寨子的门一打开
云就冲进来
往炉火边靠
从一根炊烟到另一根炊烟
走一万遍

田埂在鞋底慢慢变软

用一声鸟鸣
引吭出山歌
雪一醒来就是水了
让他们去河
再去江
最后到海

真正的春风
绝不只绿江南
从北京到西南

◆ 养蜂场 （张清善/摄）

从未停歇

那就选择在两山间

这一块坪地

吹尽昨日腐叶枯枝

把春立起来吧

多年以后

扶贫者

你在城市某个阳台

给一盆绿萝浇水时

是否会想起那个山坡上

你种下的一片芳草

篝火

需要更多的人

从更多的地方

拾来更多的柴

需要更大更高的火焰

来提升这个温暖的海拔

火光跃上岩石

沉入湖底

人群聚拢

心底的夜色一点点散开

需要更多的人唱起来

更多的手牵在一起

不分男女

没有州官和百姓

需要更多的人来到火边

每人用一双瞳孔

领回两朵小小的火苗

"幸福人家"客栈

把塘打造成湖

水面磨成镜子

堤边栽上柳树

你自拍时倒影有了

背景也有了

给你留更宽的阳台

藤椅前小圆桌上

◆　水天一色　（杨平/摄）

一个人可以用玻璃杯

泡清茶

看一片叶拥着一根芽跳小步舞

一张黄片

孤独地在杯底斜视着你

你假装没有察觉

无意转动一下杯子

让它对着远方的茶山

两个人就用马克杯

下午泡红茶吧

如果你们愿意更浓郁的味道

那就把杯子伸出来

接点阳光

就算你是一个人

也不会喝茶

你还可以点一支烟

苗寨的栏杆不高

再小的微风都可以进来

你吸一口

火亮了

它吹一口
火又亮了

注：黄片，茶叶中未挑选出的粗
老叶

（作者本名孙晓松，系重庆市作协会员，重庆新
诗学会副会长，在《诗刊》《星星》《青年文学》等
发表过诗歌、散文、小说等。此文2021年3月
13日部分选登在上游新闻"云上苗乡诗歌
特辑"）

踏着春风上苗寨

田金梅

春风吹拂着树木和花草
我正赶往一片不曾去过的
心里向往的地方
在万壑之间,道路相望

盘山涉涧
越往上走,视野越开阔
光线越明亮,天空越高远

几朵炊烟变成天上的流云
一棵古树高高托举
聚集的鸟巢

它的留守是一种呼唤

飞架的桥梁连接江河两岸
纵横的公路向大山深处延伸
山里所有的村寨
被联系起来

太阳湖,月亮湖
苗王山下天池苗寨
靠山而居,临湖而伴

你回与不回

◆ 苍茫如黛 （张培森/摄）

山在变绿,水在变清
校园已新建
周围一栋栋房子
被设计成独特的苗乡民宿

归来吧,别再浪迹天涯
乡村振兴
家乡已准备好

再等,乡愁也会老

(作者系重庆市秀山县作协会员、重庆新诗学会理事。在《重庆晚报》《星星·散文诗》《新女报》《银河系》等报刊发表过作品。此文刊登在《重庆晚报》2021年2月24日第4版)

天池苗寨的年味

黄振新

慵懒的冬阳　　　　　　深深浅浅
在云端上的苗寨　　　　悸动了哪枝腊梅
缓缓升起　　　　　　　盼郎的心
青山绿水间
碎雪沿柏油路的笔锋　　木屋泥瓦的院落
盘旋而上　　　　　　　几尾闲雀追着时间
在梯田里点化开一曲曲　随灯笼向上升起
湿漉漉的温存　　　　　用忍了一冬的歌喉

◆　贴春联 （陈伦双/摄）

忘情地吟诗唱曲

苏醒后的春

便一早爬过苗王山头

在天池投下

温暖的倒影

倒影中炊烟远了

游子便近了

篝火旺了

歌舞便响了

响起重逢时

陈年和新酿的情话

响起夜风中

碎雪拔节的诗意

响起微醺后

一片起伏的鼾声

（作者系重庆作家协会会员、重庆电影家协会会员、重庆散文学会会员、重庆新诗学会会员，作品曾刊发在《青年文摘》《中国青年报》《读者》《重庆晚报》等。此文 2021 年 2 月 5 日登载在重庆作家网）

我们去武隆

壹默

我们去武隆更多的是关乎我们　　时间仓促起身
武隆一直都在　　　　　　　　　与我们一一道别
我们却不一定都能来　　　　　　仙女山便迎来又一场雪
我们来了,相聚也是一场别离

时间由白变黑,由浅入深　　　**天池苗寨**
在语言的交汇处奔跑
茶与诗沸腾起来　　　　　　　　冷得很,在海拔一千多米的苗寨
无论是凌晨三点或晚上十点　　　好在天池有日月　身上有羽绒

◆　苗寨冬韵　(陈伦双/摄)

苗寨的苗是顶立的塔楼和牛角
是地里的庄稼　青山绿水

山歌并非要浑厚,沧桑与悠扬未尝
不可
适合七十多岁的老者唱心底的
秘密

阿依的雕塑在广场娇

阿哥们谈笑着从身旁走过

大田湿地的荷突然印入脑海
荷嘛　活着就很漂亮

（作者本名吴勇,系中国文艺家创作协会会员,
中国诗歌学会第四届理事会会长,《中国诗歌年
编》执行主编、中国诗歌会网副站长）

武隆天池苗寨

罗晓红

一重又一重群山
围住了云和神秘的苗王阁
也围住了这座中国传统古村落

登上苗王阁,木梯嘎吱作响
和我的心跳一起,互为回应
我赞叹一声,梯子便跟随我抖动
一下

悬在楼阁中的弧形号角

和我对望了一分钟,它没有说话
它只是代表过去的一个符号,过去
已成历史

这是苗寨制高点,踩着它的肩膀
俯瞰
天池苗寨这幅大型水墨画,美得不
动声色
只一眼就收缴了我积攒多年的形
容词

◆ 月落苗家 (袁兴碧/摄)

雀鸟是资深演员,它们和村民一起
演奏着原生态的自然音乐,树梢和
山风
在大山腰间不停鼓掌,形成了奇特
的二重奏

苗寨人用赤脚在刀尖踩出新高度
吼一嗓山歌,惊醒了号角
捧一碗米酒,醉了秋风,也醉来客

在阁楼之上,俯视白墙灰瓦的村庄
那高翘的瓦檐,屋顶飘荡的炊烟
多么像我记忆中走丢的家乡

（作者系重庆作家网编辑,重庆市作家协会会
员、重庆市散文学会理事、沙坪坝区作家协会理
事兼副秘书长,曾担任市内报刊主编、副总编,
网站编辑记者,作品发表于《延河》《中国诗人》
《中国汉诗》等）

后坪乡的春天(组诗)

苏勤

山高路远

一场春雨,洗却尘埃为我饯行
去一个最偏远的山村
看望我的亲人

山高路远,沟壑峻险
高,怎么也爬不到顶
远,山路弯弯绕得腿脚酸软
险,让人望而却步,胆战心寒
望眼欲穿的春风啊
何时吹到这里来

而今,开山架桥,劈岩修路
山变矮了,路变宽了
伸手可摘云朵和星星了
从城市到乡村不再遥远
脱贫致富的春天将这片土地温暖

扶贫人的情怀

人心齐,泰山也能移
这是一个战斗的团队

◆ 踏过泥泞成大道 (陈伦双/摄)

这是一个团结的领导班子
这是一群重情重义的男子汉
血气方刚,铁骨柔情
专打脱贫攻坚战

来偏远的后坪乡扶贫
他们称自己是后坪人
为老百姓做事,他们说
这是在给自己做事
哪有不做好的道理

冒冰雪严寒,顶酷暑烈日
驻守乡村,精准扶贫
栉风沐雨,无怨无悔
血性男儿,惊天一语
"我们是共和国的扶贫人"
喊醒群山,攻坚克难
致富的春天一呼百应
随滚滚春潮奔涌而来

扶贫队长刘千武

一如你的名字
千般武艺集一身
集一身的千般武艺
正好攻坚扶贫

中岭村农户谭兴明
贫困户中的硬骨头
啃不啃? 怎么啃
难倒了多少扶贫人

刘队长,抖一抖他当空军飞行员的
气魄
对着群山一声吼
"脱贫攻坚,不落一户"
掷地有声的豪言壮语
飞向蓝天,回荡在山谷

要致富,启动资金无处筹
刘千武,取出自家的储蓄
帮助谭家购蜂房买蜜蜂
迈开脱贫第一步

买牛犊,修牛棚
踩出致富第一步

绞尽脑汁的刘队长
为使谭家早致富

刘千武,千般武艺显身手
采购员、搬运工、泥瓦匠、木匠活……
全都难不倒刘千武
挥汗如雨干起来
踩一脚泥染一身土
只为谭家不再穷

不眠之夜,灯下眼熬红

目睹你的倔强,你的坚守
这世上哪有啃不动的硬骨头

◆ 也做一个养蜂人 (李瑞丰/摄)

山乡巨变

政策似春风拂去旧时的尘埃
后坪,如一颗碧绿的宝石
晶亮,耀眼
镶嵌在万山之间

这是后坪吗?
怎没了房舍的破败
怎不见昔日沧桑的容颜

狭窄的街道焕然一新
满墙的壁画灵动惊艳
小乡村成了时尚的旅游点
群山里漂亮的五彩路格外抢眼
致富的桥梁架起来

我分明看见
乌龟山从梦中醒来,迎接灿烂的
日出
晚霞中,送落日下山
人头山更是仙气十足
护佑山脚的天池苗寨

二王洞、三王洞、天坑群
不再萧瑟冷清
魅力四射,热闹非凡

把神豆腐品牌做起来
把非遗谢氏烧烤的奇香美味引
进寨
收入增长了,生活富裕了
乡民脸上多了笑容少了愁烦

神奇的红豆杉产业园建起来
热恋中的人儿呀,请到这方来
让相思林见证你们的爱情
为你们订下终身情缘
夏季避暑的人们,请到这里来
与珍稀植物红豆杉为伴
延年益寿又抗癌

苗寨的篝火点起来
欢乐的舞蹈跳起来
让幸福的感觉荡漾,蔓延

◆ 群山环抱 （刘成平/摄）

白衣天使刘春玲

你有一个春意盎然的名字
你有一副如花似玉的容颜
你有一张医学院文凭
更有一颗金子般的心灵

八年前,你毅然选择了后坪
选择了艰苦、偏远和贫困
你说,那里需要我这样的人

来到后坪,你是第一个
背着药箱出诊的医生
你说,危重病人需要上门接诊

你用微笑,迎送前来的每一个村民
你用柔声细语,抚慰被病痛折磨
的心
你精湛的医术,治愈患病的山里人

你是山里的兰草,淡雅清香
绽放生命的尽善尽美
你是耐寒的高山杜鹃
傲然挺立在崇山峻岭

你是后坪的白衣天使
医者仁心,誉满杏林
你是乡村医疗扶贫的践行人

1314：爱情，在这里

朋友，请来武隆后坪
这里，有神奇的红豆杉园林
宽阔的1314大道
隐喻爱情一生一世

春季，新绿尽染
滋养初恋的爱情
夏季，浓荫蔽日

呵护爱情之树常青
秋季，柔情蜜意
收获甜蜜的爱情
冬季，红豆白雪
见证坚贞的爱情

画家来这里，安营扎寨
诗人来这里，爱恋不舍
所有濒临枯萎的艺术生命
在这里，都会复活并延续

◆ 苗家民谚 （樊泽洋/摄）

隐藏的1314金光大道
等待着你们的光临

老年朋友,欢迎你们来这里
康养健美的体魄
寻求延年益寿的奥秘
青年朋友,欢迎你们来这里
寻找海枯石烂,白头到老的婚姻
1314,忠贞不渝的情缘
是后坪乡红豆杉园林的专利

热恋中的人呀,快快来这里

(作者系重庆新诗学会会员,已出版诗集《紫罗兰》《山青梅香》,诗歌合集《两岸诗星共月圆》,作品多发表于《中国诗人》《作家视野》《银河系诗刊》等。此文2020年6月28日登载于重庆作家网"脱贫攻坚"专栏)

苗王阁

文慕白

我没见过苗王
但这阁楼,是不是
像他挺拔的身躯
一身正气,征服
崇山峻岭

阁楼上的牛角号声
曾经那么嘹亮
无论雄壮还是凄厉
早已渗透苗人的血脉
峥嵘岁月

而今,这苗王阁
连同那深远的号声
一半留在我的纸上
一半留在我的梦里
仅仅隔着
一首诗的距离

(作者系重庆作家协会会员,重庆新诗学会会员,沙坪坝区覃家岗街道文联总顾问,在《人民日报》《工人日报》《星星诗刊》等报刊发表散文、诗歌、小说等作品)

◆ 雾漫楼台 (袁兴碧/摄)

文凤之春（外一首）

山城之峰

一定是鸟儿叫醒了山村
月亮一看见我就躲在云里
喜鹊在屋顶等候着归人
炊烟袅袅里
是我的立春

天池苗寨像酣睡的孩子
苗王山像起早赶场的老人
公鸡的打鸣声已催了又催
栖在神龟山上的太阳
依然没有露面

春姑娘就要来了
木姜子给我发来短信
百花们将一起同行
同住在天池苗寨

我迫不及待地飞到苗王阁上
像喜鹊一样翘首东望
小镇的年味和面香
趁机钻进鼻腔
偷走了我的胃

吱吱呀呀的木板声踩出我的心跳
啼啼哒哒的石板路弹唱着山歌
一来到文凤
我就想与春天
厮守终生

立春

或许，大树睡了太久
只一眼
就把睡眠传染给了人
在每一个下午
睡意沉沉

太阳终于站稳了脚跟
如幼童学会了走路
大地伸出温暖的大手
帮人们一一脱下外套

喜鹊立在枝头
文凤便更加寂寞
它每叫一声

◆　山乡希望　（张华/摄）

思念的芽便长出一寸

一定是归家的问讯
叫醒了红梅玉兰海棠
一定是离别的话语
惊醒了李树杏树桃树

最先开花的树

通常等不到叶子
像一群心急的年轻人
等不到爱情

（作者系重庆市人民检察院干警，此文2021年2月6日选登在重庆华龙网新重庆客户端"鸣家"）

云上苗乡记（组诗）

陈伦双

> 脚下沾有多少泥土,心中就沉淀多少真情。
>
> ——题记

云上苗乡

仙女山背后的层峦叠嶂
把你围捧成一尊莲花宝座
贫瘠的土壤,春风吹出了翅膀
那些山外的手,合着苗家人的手
如千手观音一般,把你
从锅底凼托举至白云之上

于是,你有了一个
美丽的名字——云上苗乡

打望苗乡

多少次,翻过你的肩头打望
那高耸云端的苗王峰俯视群山

◆ 苗乡远眺 （范光富/摄）

金戈铁马,气贯长虹
天池苗寨像山坳的长生宫殿
霞光万道,祥云瑞彩
神龟山脊隆起的山峦是祖先的
勤劳、质朴和勇敢传承的波形
苗乡,向着那方

帮扶苗乡

我们选邱靖杰

做文凤村第一书记
又派叶新灿当骨干
土街尽头的小瓦房
是他们啃硬骨头的阵地

检察长贺恒扬踏雪走访
说帮村头把阵地建强
他一言既出,三上苗乡
"三合一"便民服务中心
拔地而起,足足两千平方
党员"莎姐"

◆ 撸起袖子加油干 (李立峰/摄)

把工作品牌悉数上墙

攻坚时刻,飞行员
刘千武接力扶贫队长
一个猛子扎进战场
苗寨为舵,苗王山是翼
他驾着苗乡盘旋而上

疫情突如其来
成员单位扭住一根绳
千名党员分批上山
汇聚消费力量
忙在田坎上

红色苗乡

青石板路盘旋而上
二路红军游击队
九十一年前的枪声
还在密林中回荡
"红军取水处""锄犁"
是当年留下的星火

那个巨石上背枪的战士
还原了烽火战场
主题党日过到苗乡
红色展览馆里沉淀信仰
重走红军路,再一次感受
《共产党宣言》的力量

结对苗乡

张罗周田赵黄何
像七颗钉在胸口的钉子
所有人把心拼在一起
感知他们的脉象

一手拿着"两不愁"
一手抓起"三保障"
还背起"一增收"
心脏搭桥,是结对帮扶
显微镜,是精准标尺
志智双扶,是活血化瘀
建蜂场、送鸡苗、改老茶山
外加投工投劳,是靶向治疗

◆　美丽乡村引客来　（江泳/摄）

捐资助学,则断穷根

终于,在春日里
他们微笑在阳光路上

法润苗乡

精准脱贫是天大的事
检察落细先发挥职能
法治扶贫架起连心桥

老老少少都来看热闹
莎姐大普法走进村小
法治副校长是定期跑
公益诉讼护绿水青山
人居环境已日益改善
农民工线上线下维权
家门口就能排忧解难
法治广场新建变宽敞
民法典进村入户上墙
苗家课堂在院坝摆开
寨子乡亲一起挤拢来

文惠苗乡

你养在深闺人未识
喧天的锣鼓、山歌和唢呐声
在金秋把你嫁给远方

摄影家来了,闭着眼拍出了风光
书法家来了,行云流水翰墨飘香
散文家来了,故事会晒上人民网

诗人又来了,绿水青山有了意象

傅天琳送来新诗学会创作基地
刘建春送来散文学会基地
石珺送来"山城七友"牌子
张华送来"企业摄影家"牌子

我抬头望了望远方
不少馆子忙着开张

◆ 帮扶路上 (陈伦双/摄)

"一品乐"电商格外繁忙
那泥土,已长起翅膀

再上苗乡

我想起东南面300多公里的地方
十八洞村的苗寨如火如荼开放
我想起东北方百里开外的村庄
华溪村的土家山寨农旅融合大
变样
我又想起渝东北老父亲
也驻在村上,正和脱贫户拉家常

于是,我背起行囊
从280公里之外直奔向苗乡
开讲苗寨小课堂
总书记的金句,我一字一字宣讲
我告诉乡亲以牛的精神奔小康

大爱苗乡

深度贫困,唤来深沉的爱
像父爱母爱一样无私,不求回报

糜建国,与文凤本不相识

◆ 薄雾泼墨 （袁兴碧/摄）

却一趟趟往山上跑

他用脚尖，轰起大油门
飞奔在山间的彩带上
脚上的泥土早已沉淀了真情

他用指尖，讲述脱贫户
罗元发、潘杰、何祖华《家住寨
上》的
故事，感动了《人民日报》

他用眼尖，发现乡亲们
藏起来的揪心事、烦心事和操心事
竟悄无声息地用清单化、项目化帮
着销号

他用心尖，温暖山里娃
何祖华三个孩子，"南风"爱心基金
帮圆上学梦
如今，黄世周三个孩子也被他认领

云上苗乡，大爱无疆
糜建国是榜样，赵建国、钱建国、

孙建国……接续而来

腊月苗乡

年饭年年有，今年别样红
初一起，刨猪宴，四角头
殷社长家过小年
堂屋四桌、地坝四桌
刨猪蹄、嫩豆腐、鸡蛋卷、绿叶菜
清一色的团年菜单
锅铲声、传菜声、嬉戏声、龙门阵声
闹热过年的欢乐曲
务工儿女回来了，团方四邻喊来了
帮扶干部请来了，城里客人迎来了
没有锣鼓喧天，没有鞭炮齐鸣
只几副春联，就弥漫着年味

大美苗乡

三月不见
乡村公路箍了彩带

◆ 山乡变迁 （张培森/摄）

红军步道铺到云天之外
乡亲们脱贫的故事
又有一大箩筐可以晒
三天太短
扶贫干部的泥脚杆
孩子们红彤彤的笑脸
苗寨里的脱贫攻坚展
还没有看完
三色惊艳
那红色蜡染、绿色彩绘
和蓝色水墨交织在一起
生成了红色村、旅游村、

和考察点的金色诏书
三年蝶变
无数人的手绘
宛如春的画卷
在凤栖古寨上徐徐铺开

（作者系重庆市人民检察院干警，重庆市散文学
会会员，重庆新诗学会会员，重庆摄影家协会会
员。此文选登在《重庆法制报》2021年3月19日
第15版）

附 录
fulu

情系乡村扶贫心语

2021年2月19日,《人民日报》头版刊登文章《重庆武隆区文凤村摘帽不减干劲》,点赞重庆武隆区文凤村脱贫攻坚成效,文章这样说到:"黄木青瓦,翘角飞檐,民族风格的小楼前,罗元发和妻子正忙着做饭……"回想这些年,不少扶贫干部、党员干警、文艺爱好者都以不同的方式走进文凤村的脱贫攻坚一线,成为了这一生动实践的亲历者、参与者和见证者。为此,我们收集了文凤村脱贫攻坚路上的一些扶贫心语,同时兼有检察机关选派驻村第一书记在其他地方驻村扶贫的感言,以飨读者,期望能从一个侧面感悟这场伟大的脱贫攻坚战。

诗人心语

◆ 2021年2月22日,重庆新诗学会赴文凤村采风,图为参观后坪坝苏维埃政府史迹展览馆 （范光富/摄）

傅天琳（著名诗人）

九十年前要参加红军,是有"铁门槛"的。其中一条:"搞烂事儿的人不要。"这是我在文凤村学到的最豪横最霸气的一行字。可借用。所以诗人,你到天池苗寨来,要谦虚地来,要像检察人一样带着一身正气与满满的奉献精神来。你只要来过,你的诗歌就有了力量、有了翅膀、有了根。

郑劲松（知名诗人）

时隔半年,二上苗寨,真切感受到脱贫攻坚的伟大实效,也看到接续奋斗乡村振兴的新起点和新希望。建议后坪乡要深挖红色文化,优化生态文明的绿色文化,升华结对帮扶的检察蓝(法治文化),开启乡村振兴的新阶段与新格局。

王淋(诗人)

天池苗寨是我见到的脱贫攻坚工作做得最好的地方,党委政府的投入、对口帮扶单位工作力度之大,驻村工作队作风之扎实,当地村民生活变化之大、幸福指数之高,非常真实地呈现出来,让人感动。

张天国(诗人)

走进后坪,听到看到的,只有"变化"二字。羊肠小道变成了四通八达的村村通;漏风的老屋变成了楼房;愁苦的面容变成了笑脸;烂泥坑变成了篝火广场。村民说唱的,都是感谢党和政府,感谢检察院。从拔掉穷根,到走向乡村振兴,都是党的政策引领和扶贫干部的辛劳付出。

罗雄华(诗人)

我两度到此,被深深吸引。这里自然资源丰富,人文底蕴厚重。每一个季节都有其独特韵味,尤其盛夏初秋,能为寻觅避暑的都市人提供身体和精神寄托,如置身桃源,生活自由闲适。建议当地与各门类艺术家开展广泛深入的合作。

吴沛(诗人)

作为武隆本地人,感受到检察院组织的采风活动是一次洗心之旅。文凤村挂起了重庆新诗学会、散文学会等创作基地牌子,让文化的魂从此扎根泥土,扎根山乡。诗人作家们文学之外还有深情帮扶。縻建国先生带着他的慈善团队成员,多次出资帮扶多户因病致贫的农户,让孩子们的病患得到医治,辍学的孩子得以返回校园。我更体会到检察扶贫人的帮扶担当。为了一个村,他们选派了三位检察干部,都很少回家,第一书记邱靖杰已扎根四年。他们带来的不仅仅是物质上的资助,更重要的是他们带来了先进的理念,激发了群众的内生动力,使"志智"双扶的成果,成为这个云上苗乡的一道风景线。

孙小淞(诗人)

吃长桌宴,喝刨猪汤,围着篝火跳舞,听着阿公阿婆悦耳动听的山歌。眼福、口福、耳福都享受够了,重庆有此云上苗寨,巴适!

张建敏(诗人)

我们看到了决胜脱贫攻坚战之后乡亲们真实的生活状态,感受到每一个村民脸上溢出的幸福笑容,是各级政府、各个部门以及无数驻村脱贫干部所付出的巨大艰辛的具体体现。后坪的明天一定会更加美好!

倪文财(诗人)

初识云上苗乡,天池苗寨,"让我放下了对生活的警惕。"作为农民的儿子,知道贫穷的农村是举步维艰的,生活处处充满荆棘。而在这里,我看到的是"云上"桃源般的闲适,这应归功于脱贫攻坚的美好愿景!

刘晓霞(诗人)

我是二上苗寨,驻村书记、扶贫干部长年为脱贫攻坚扎根于基层的故事让我深受启发和感动。我相信还有很多没有挖掘到的故事和苗家文化值得我们去发现,用诗歌的形式用心去书写。

田金梅(诗人)

初上文凤天池苗寨,看着苗寨的每一个地方,由贫瘠到富足,新时代扶贫人用脚步丈量着的每一寸土地,用智慧和奉献创造了一个看得到的未来。

黄振新(诗人)

建议挖掘红色历史文化、苗族特色文化、扶贫奋斗文化,让文凤村得到立体宣传,同时开发集观赏、体验、采买为一体的非遗文创产品,让老百姓吃旅游饭、享文化福。

作家心语

◆ 2020年7月19日，重庆市散文学会赴文凤村采风 （陈伦双/摄）

王明凯（著名作家）

苗寨一宿，月明星稀，当树影婆娑中苗家阿妹翩翩起舞的旋律响起，杜甫的诗句便在熊熊燃烧的篝火中跳跃："……此曲只应天上有，人间能得几回闻？"杜甫写的是锦官城，这可是远在天边的苗寨啊！一个穷得叮当响的特困山区，变得如此风姿绰约，如诗如画？这需要多少党和政府的阳光照耀、扶贫政策的雨露滋润、扶贫单位的呕心沥血，以及扶贫干部们的倾情付出啊？于是问星星，问月亮，浮想联翩，夜不能寐，一首在《在云上苗寨中举起目光》的小诗应运而生。

刘建春（知名作家）

你们用"自治"调动了寨民的主观能动性，用"法治"滋润了寨民的遵纪守法心，用"德治"陶冶了寨民的情操和思想，"三治"的融合发展，使文凤村从昔日的贫穷山寨，蝶变成美丽的人间仙境，成为全国乡村旅游重点村。为卓有成效的脱贫攻坚成果，为检察扶贫干部深入一线的辛勤付出，点赞。

丁友成（作家）

党中央扶贫政策的英明。没有各级党委和政府的高度重视，因地制宜，分步施策，就不可能取得实效。扶贫者的无私奉献。后坪乡文凤村，如果没有重庆市政法系统扶贫干部辛勤劳作，真心帮助，就不可有今天的绿水青山。苗乡人的志气大增。在驻村第一书记的引导下，苗乡村民看到了勤劳致富的希望，不仅斗志昂扬，而且干劲冲天，从而使云上苗寨旧貌变新颜。

常克（作家）

和第一书记面对面，和村民面对面，走进山村，走进改变面貌的那些艰苦奋斗的日子，我最大的感受是，他们都用了心、带了情、发了力来改变这片曾经贫穷落后的土地。尤其是第一书记，几年时间基本上把自己变成了山里汉子，那一份忠诚与实干，令人肃然起敬。

李学勤（作家）

把陌生的土地当故乡，后坪乡的政法扶贫干部充满了正能量和使命感。他们有的第一天报到就把微信名改成了"武隆后坪人"；有的在女儿刚出生三天就返回后坪操心村头的事；还有的一年二十趟往返颠簸在去后坪的山路上……后坪乡的巨变离不开政法扶贫干部的心血和付出。文凤见

闻让我体会到,中央农村工作的蓝图在后坪乡已初见端倪。

糜建国(作家)

政法系统、检察机关有很多感人扶贫事迹,文凤村第一书记邱靖杰就深深感动了我。驻村四年,他的一颦一笑已经完全融入了乡村,现在的他,就是一个地道的山里人。村民们称呼他为胖子书记,那种对他的尊敬和感激,是来自心底的。我对他的采访很详细,他的点点滴滴,时刻都在我的脑海中闪现,很想写一篇关于他的报告文学。可以这样说:他是新时期下,全国上下脱贫攻坚战中,检察人深入山区扶贫第一线的典型代表。文凤村的变化真正是翻天覆地,这个变化不仅仅是道路通了、环境好了,老百姓的收入增加了,而是精神上的实在的变化。当初我在写《家住寨上》的时候,就主要抓住这个变化来写的。只有精神上的脱贫,才是真正脱贫。

梁奕(作家)

曾经深度贫困的山寨田地荒芜,房屋破旧,年轻人大都离乡打工谋生,村子里留守的老人孩子生活困苦艰难,面对荒山颓野愁容满面……如今的文凤村到处洋溢着欢声笑语,年轻人回家创业来了,各地旅客观光度假来了,乡村经济发展起来了。"武隆山水美名扬,风景独秀后坪乡……"苗家的山歌又唱响了云岭山寨,看着满满的幸福洋溢在村民的脸上,听着发自村民肺腑的山歌萦绕在云雾山庄,一个标题跃出心中——《后坪山歌云上来》!通过村民们从心中唱出的赞美之声,讴歌党的扶贫政策给山乡带来的变化,给贫困山乡人们的生活带来的实惠。

邹安超(作家)

重庆市委政法委扶贫集团成员单位重庆市人民检察院对口帮扶的武隆区后坪乡文凤村,检察官们用己所知、所长、所专、所能,用群体的智慧和头脑,成就一个又一个"金点子",给文凤村人送去一束束光亮,指引着村民奋蹄疾行,让这个深度贫困乡的市级贫困村焕发出勃勃生机,让"云上苗寨"不再是水中月,镜中花,成为实实在在,真真切切的"幸福桃源,人间福地"。后坪在诠释:14亿中国人,小康路上,不让一个人掉队!

书家心语

◆ 2020年8月6日,"山城七友"部分书法家赴文凤村开展书法扶贫创作(陈伦双/摄)

石珺(知名书法家)

再上苗寨,感触良多,扶贫干部本着良知在为老百姓办实事,村民们对艺术对文化的渴望激励我们停不下创作的笔。

张家益(知名书法家)

大家倾力付出,展示了"七友"为人为艺的本色,我们来自人民,服务人民,就是要紧跟时代,奉献社会!

朱睿(书法家)

云上苗乡之行,让我感触很深。在党的扶贫政策的支持下,苗乡修通了平整宽敞的柏油公路,乡亲们的住房修缮一新,人们的脸上洋溢着幸福的笑容。看到书法家们到来,乡亲们纷纷围上来求墨宝,你一幅"幸福苗乡",我一幅"谢氏烧烤店"……现场气氛好不热闹。作为书法家,只有让书法艺术接地气,为人民书写,才无愧于这个伟大的时代。

张洪(书法家)

第一次走进苗寨后坪,非常震撼! 大山深处,崭新的柏油马路蜿蜒其中,别具风貌的民居散落在苍翠的山林里。"苗寨小课堂"、"莎姐"读物、党建活动中心、电商馆、休闲场、风情场镇,无一不体现了党对边远贫困山区的大力扶持和无限挂牵,还有扶贫干部的上千日、几千日的执着坚守! 愿武隆后坪文凤的明天更美好!

田中(书法家)

八月的重庆,骄阳似火,大地蒸腾,位于武隆后坪的天池苗寨却是凉风习习,景色宜人! 有幸受邀参与重庆市人民检察院服务脱贫攻坚党建活动,感动于检察官们执着勤奋的工作,感动于检察官们务实精准的扶贫,感动于苗乡人改变生存环境的开山气概! 愿苗乡乡亲们的生活越来越好,愿重庆检察人的事业越来越好!

摄影家心语

◆ 2019年9月20日,重庆市摄影家协会赴文凤村采风 （曹渝东/摄）

张华（知名摄影家）

坚持把脱贫攻坚作为重大政治任务,作为头等大事,作为第一民生工程,在探索中创新,在实践中前行,超常规努力,超常规付出,脱贫攻坚工作取得了明显成效,交上了一份满意的答卷。这是重庆市检察院上下一心努力奋斗的结果。

张清善（摄影家）

文凤之行,见证了重庆政法系统、特别是重庆检察人的责任担当。他们清楚地认识到脱贫攻坚是一项复杂的系统性工程,使出了吃奶的力气帮助村民脱贫。从他们的举措上来看,也是突出重点、聚焦关键的,狠下了一番"绣花"功夫,把这场硬仗打得很漂亮。我们摄影人应向他们学习!

黄跃进(摄影家)

思想认识统一、思路目标明确、措施办法得力,这是我到了后坪最大的感受。在和一线扶贫干部和村民群众的交谈中,我真切地感受到,党中央实施的脱贫攻坚,让农村多了一群讲政治、顾大局、为民生的好干部,这些干部扎根在村子里,是想干事、能干事,也能干成事的。

李莉(摄影家)

时代造就英雄,伟大来自平凡。虽然个人只是扶贫路上的一颗小小的石头,只是民族复兴伟业征程中的一辙车轮,每个人的努力或许只能改变一方目力所及的水土,帮助为数不多的一些人。但千千万万个扶贫干部的心血,必定造福最基层最贫困的亿万百姓,必定将国家变得更加美好,而这些无私的付出,也必定在人民的心里留下无声的丰碑。

傅念(摄影家)

到文凤村的拍摄过程,使我感受到,我们的扶贫干部于平凡中、于细微处,为百姓做好"小事情",解决"小问题",才助推社会"大和谐"。在最基层岗位创造了非凡的业绩。

袁兴碧(摄影家)

在我的记忆中,后坪乡坐车要大半天,是非常贫困的山区,衣食住行都很困难。党中央的脱贫攻坚政策太伟大了。当我们走入后坪乡时,才发现这个地方真的太美了。建起了学校,儿童游乐场……交通便利了,坐车两个多小时就能抵达,让我们感到非常震惊。所有眼前的美好都与扶贫干部的努力息息相关,他们的付出终于结出了累累硕果。

熊力（摄影家）

现在的脱贫真不是空喊口号了。云上苗乡的美丽与乡亲们的幸福日子,是重庆市委政法委扶贫集团,特别是重庆检察机关选派的扶贫干部们精准落实项目资金,精准帮扶贫困户的结果。这是中国共产党为老百姓办的一件大实事大好事,扶贫脱贫永载史册,乡村振兴明天更美好!

帮扶心语

◆ 2020年8月6日，重庆市人民检察院组织开展"汇聚党员力量 服务脱贫攻坚"党建活动 （曹渝东/摄）

陈胜才（重庆市人民检察院原党组副书记、副检察长）：

这些年，市检察院对口帮扶武隆，从过去帮扶土地乡助力打造犀牛寨，到现在帮扶后坪乡助力文凤村脱贫，同时还选派干部到荣昌驻村扶贫，应当说体现了党组高质量落实中央市委决策部署的站位、党员干部的表率带头和帮扶举措的精准务实，凝聚了成员单位的合力攻坚和检察扶贫人的用心用情，兑现了高质量完成帮扶任务的承诺。不管是土地乡、后坪乡，还是荣昌区的刘骥村、禾苗村，现在都发生了翻天覆地的变化，乡亲们都已脱贫致富奔小康。祝愿在乡村振兴的路上，村民更富、村寨更美、产业更旺、生活更甜！

李荣辰（重庆市人民检察院第一分院党组成员、副检察长）

通过开展"党建调研 + 实地观摩 + 消费扶贫"活动，切身感受到脱贫攻坚带来的三个变化：文凤村人民安居乐业，在精神和物质生活条件上有了翻天覆地的改变；脱贫一线干部用心用情用力，在为民服务思想境界上有了不断的改变；检察干警感悟学习，在如何做好群众工作的思维观念上有了做细做实的改变。

黄常明（重庆市人民检察院第三分院党组成员、副检察长）

每一年都会到后坪调研，每一年都感受到不一样的后坪。从车程五个小时到现在的两个半小时，从破旧的危楼到现在富有特色风情的苗寨，从乡村空心化到现在的人才回流，从简单的靠山吃山到现在的各种项目资金不断引入，三年来，我见证了后坪文凤苗寨的巨变，今天的后坪苗乡，天更蓝，水更清，群众的腰包更鼓，脸上的笑容更甜。

李存国（重庆市人民检察院第五分院党组成员、副检察长）

一年打基础、三年大变样。后坪乡文凤村在不到三年时间，由一个深山偏僻乡村蜕变为全国旅游重点村，古村苗寨焕然一新，村民群众笑容满面，外来游客络绎不绝，集中展现了伟大的脱贫攻坚在文凤村的生动实践和累累硕果，也集中展现了检察院扶贫集团的用心用情和务实举措，这是重庆检察人在脱贫攻坚、乡村振兴中的生动写照。

梁经顺（重庆市人民江北区检察院党组书记、检察长）

实地参观学习，感受苗寨变化；探访革命旧址，浸润红色精神；开展消费扶贫，助力脱贫增收。为期两天的扶贫主题党日活动，让我们深深地感受到检察扶贫干部为文凤村办实事、办好事，他们身上展现出来的无私奉献、艰苦奋斗、勇担重责、敢闯敢干的精神值得江北区院每一位干警学习。

程晋意（重庆市人民武隆区检察院党组书记、检察长）

作为辖区单位，我们直接深切地感受到，在政法扶贫集团、检察系统的倾情帮扶下，文凤村从一个市级贫困村蝶变为有三块全国金字招牌的示范村，这凝聚了重庆政法人、重庆检察人的辛勤汗水、艰辛付出。市检察院统筹推进、精心组织实施每一项工作，有力落实精准扶贫要求。每一次到文凤，都为驻乡干部、驻村书记以及前来帮扶的同志扎根一线的作风所感动。作为检察系统的一员，我们也用心用力用情参加到定点帮扶中，落实属地责任，选派驻村干部，发挥检察职能，依托"莎姐"品牌，结合"民主法治示范村"创建，设立"法治工作室"，设立"'莎姐'维权岗"、"农民工维权岗"、"公益诉讼岗"，开展法治进校园、法治进乡村等活动，助推乡村依法治理，让乡村越来越美，让乡亲们的日子越来越甜！

欧彬（重庆市荣昌区人民检察院党组书记、检察长）

扶贫是一场硬仗。我们坚持全员出战、尽锐出战，克难中之难、攻坚中之坚，以检察"辛勤指数"促进提升群众"幸福指数"，高检院张军检察长称赞这是全国检察机关助力脱贫攻坚的一个"缩影"。雄关漫道真如铁，而今迈步从头越。从服务脱贫攻坚到服务乡村振兴，荣昌检察人责无旁贷！

曾廷全（重庆市铜梁区人民检察院原党组书记、检察长）

情系脱贫攻坚、走进后坪文凤。我们深深体会到，在重庆市检察院的统筹领导下，全市三级检察机关协同联动、同心向力、情聚后坪，助力文凤村发生了翻天覆地的变化，为检察干部在文凤村扎实干事、踏实尽责、务实为民致以深深的敬意。

陈萍（重庆市人民检察院检察八部主任）

我看到后坪盎然的春意，很有特色的民居和村民自信的笑容，深深感受到扎实的检察扶贫带给百姓内心的幸福和希望！"以人民为中心"体现在我们每一个细微的行动中……给留守儿童和家长上法治课，大家捐款捐物送温暖，看似我们在"给予"，而孩子们灿烂的笑容却是回赠我们最好的礼物，让我们感动和快乐！守护山区的孩子健康成长，给他们温暖和光明，我们会一直在路上……

侯映雪（重庆市人民检察院政治部宣传室主任）

两天一夜，见证着文凤村的"三元色"。红，乡村剧变热火朝天。党建促扶贫，挖断落后根。绿，绿水青山诗意生活。石林盛景、古井碧池，苗王山头、神龟秀峰。好一派逍遥自在的田园风光。蓝，检察情怀大爱无边。检察干警将扶贫当作责任使命，将自己融进了文凤的血脉亲情。

杜颖（重庆市人民检察院机关党委办公室主任）

苗寨小课堂一堂"接地气"普法课，文凤村四社一次"暖心"的涉案家庭回访，天池苗寨广场一场"热闹"的消费扶贫，一次次党建调研，一个个党员干警，汇聚成检察扶贫的坚实力量，体现了检察机关推进党建扶贫、产业扶贫、法治扶贫、消费扶贫和教育扶贫的担当！

蔡绍梅（重庆市人民检察院机关工会专职副主席）

后山百鸟鸣，寨子万物青。再上文凤，旅游公路盘旋而上，三年帮扶，偏远穷困的文凤村山村已经变成了如今的云上苗乡。红色展览馆还原了苏维埃乡政府,崭新的双子楼打造了便民阵地,苗家人的所有勤劳装进了电商,苗寨小课堂已经开始浇灌未来的山乡……检察人正用画笔绘就出脱贫攻坚的美丽画卷。

陈先伦（重庆市武隆区人民检察院党组成员、政治部主任）

昔日的"山区"成了"景区",昔日的"空壳村"成了旅游村,昔日的"穷窝窝"成了如今小康路上的示范村。脱贫攻坚已胜利收官,乡村振兴正全速起航。美丽的检察蓝绽放在文凤村美景之中,深厚的检察情深深流进文凤人心田。

方维（重庆市人民检察院检察八部副主任）

山乡旧貌换新颜,大人孩子都洋溢着笑容,给人惊喜;为了教育,家长们用心良苦,学校努力创造最好的条件,党委政府给予各方面关心,让人放心;当地群众对政法扶贫、检察扶贫,话语间充满感激感恩,孩子们喜欢"莎姐",听法治课听得津津有味,催人奋进!

李立峰（重庆市人民检察院政治部宣传室副主任）

54年党龄老党员蹇龙孝,聊起脱贫攻坚流下了滚烫的泪水。党办扶贫干部在苗寨小课堂讲扶贫党课,情不自禁流下热泪。这两次流泪,让我深受教育,灵魂受到洗礼。党员用心用情用力工作,群众记得,山乡作证。

马弘（重庆市人民检察院政治部宣传室副主任）

山还是那座山,山下的苗寨却发生了翻天覆地的变化。绿荫掩映下的吊脚楼,斗拱飞檐,古风犹存。贫困村吃上了旅游饭,走上了致富路。邱书记用三年时间交出一份满意的检察扶贫答卷,将幸福感写在脱贫群众的脸上，浸润在他们心里。这样的美丽乡村，真是让人看到希望！

陈伦双（重庆市人民检察院机关党委办公室副主任）

"苗家山寨、检察情深"，扶贫工作让我"接地气"，让我感动，激励着我不断奋进。每一项扶贫政策、每一个扶贫项目、每一分扶贫资金，都来之不易。作为一名帮扶干部，就是要把好事办实、把实事办好，精心组织好每一次扶贫活动，用心用情做好扶贫的每一件事！这是我们应尽的责任和应有的担当！

陈本川（重庆市人民检察院政治部干训室副主任）

从"武隆的西藏"到"幸福后坪"，巨大的变化背后凝结着全市检察系统、检察扶贫干部的心血。我们要走出机关，走进基层，走进农村，到基层一线，到乡亲们中去摄取养分，滋养初心。

熊皓（重庆市人民检察院政治部干训室副主任）

"检察帮扶人，融入苗家心；山寨变新貌，振兴新乡村。"这几年，市检察院扶贫集团秉承真扶贫、扶真贫的宗旨，用情真意切的扶贫行动诠释着人民检察为人民的心声。

曹世勇（重庆市人民检察院机关党委办公室干警）

秀美的青山绿水、怡人的湖光山色、古朴的苗家寨楼、独特的民风民俗、红色的革命历史、勤劳的苗寨人家、感人的扶贫精神，共同绘成了"云上苗寨、幸福文凤"这一幅美丽的乡村画卷，作为具体承担扶贫工作部门的一员，我想，这就是对我们扶贫人最好的表达！

黄显林（重庆市人民检察院研究室干警）

实实在在感受到了苗寨人的日子越过越红火，他们的生活充溢着满满的幸福感。这是他们对"知家乡、爱家乡、建家乡"的深刻认同，也是对"真扶贫、扶真贫、真脱贫"的最高褒奖，更是对"听党话、感党恩、跟党走"的最好诠释！

向福强（重庆市荣昌区人民检察院政治部副主任）

三年近百次走访，进村入户、嘘寒问暖。算收入账，算教育账，算健康账，关注住房和饮水，查看庄稼与猪羊，不是一家人胜似一家人。扶贫干部的脸晒黑了、腿变细了，贫困户的帽子摘了、日子更红火了，他们把党的恩情挂在嘴上、刻进心底。

龚珊（重庆市人民检察院检察八部"莎姐"）

"莎姐"走进"苗寨小课堂"，用法治的力量去引导孩子们和家长们向上向善，这是开展法治扶贫、建设法治乡村的一项有益探索。作为"莎姐"的一员，很高兴自己能为脱贫攻坚和乡村振兴尽一点绵薄之力！

梁婧（重庆市人民检察院检察八部"莎姐"）

第一天阴雨绵绵，好担心院坝课不能开展，结果太阳公公感动了，第二天一早就放晴。看着大山里小朋友们脸上灿烂的笑容，更加坚定了我们正做着正确的、意义重大的事！"莎姐"法治扶贫，我们一直在路上！

潘奥妮（重庆市人民检察院检察八部"莎姐"）

村民的居住环境有质的提高，公路通到了家门前，看到村民脸上都挂着发自内心的笑容，能感受到他们对生活充满希望。这次参与"莎姐"法治扶贫，与小朋友们面对面交流，了解他们的想法、需求，是一种很棒的体验。

精准扶贫,不放过每一个方面、每一个角落,给扶贫的同志点赞,给"莎姐"点赞!

胡晓航（重庆市人民检察院检察八部"莎姐"）

苗寨里忙碌着的是扶贫干部的身影,洋溢着的是村民脸上的笑脸,唱响的是脱贫致富的凯歌。

杨豪（重庆市人民检察院检察八部"莎姐"）

目前农村未成年人的思想进步特别快,手机已经普及到农村小孩子,在强调未成年人加强自我保护的同时,还需要关心他们不被虚拟网络上一些不法侵害的平台所伤害。

张奎升（重庆市人民检察院研究室干警）

确实感受到了脱贫攻坚、乡村振兴给边远地区带来的深刻变化,深切体会到苗寨村民对美好生活的向往、对脱贫致富奔小康的坚定执着。

谭金生（重庆市人民检察院研究室干警）

驱车数百公里,来到后坪乡文凤村,没有想到这个偏远的贫困村竟是乡村旅游胜地,竟然闻不出一丝"传统农村"的味道——这里的天空很明亮、空气很清新、道路很宽敞,遇到的村民群众洋溢着发自内心的笑容,我为脱贫攻坚、乡村振兴感到震撼!

安素洁（重庆市人民检察院研究室干警）

之前读《红星照耀中国》这本书,我为中国共产党带领苏区人民一往无前的力量所感动。这一次,来到深度贫困乡,亲眼看到这里山清水秀、欣欣向荣的崭新面貌,听到扶贫干部们精准扶贫、战天斗地的感人故事,我再一次深刻体会到中国共产党为什么"能"。这激励着我今后要更加努力地做好自己本职工作!

孙强(重庆市人民检察院研究室干警)

以前总觉得扶贫工作只是经济帮扶。但从苗寨的发展中,我意识到推进农文旅融合的产业发展,才是根本出路。同时,精准扶贫,关键在人,要发挥好党员的带头作用,带动群众增强信心、战胜困难、脱贫致富奔小康。

唐千雅(重庆市人民检察院研究室干警)

没想到深度贫困村也成了旅游景点。苗寨古香古色,民宿错落有致,游客熙熙攘攘,扶贫干部身上充满了朝气蓬勃的干劲,村民群众脸上洋溢着心满意足的笑容,乡村面貌焕发出勃勃生机,田园村落充满希望之光。

张典斌(重庆市人民检察院政治部宣传室干警)

通往苗寨是一条全新的公路,也是致富奔小康的路,村民洋溢着舒心的笑容,孩子们也不怯生,游客们三三两两,自得其乐,这一切都得益于脱贫攻坚政策。

晏晶(重庆市人民检察院政治部宣传室干警)

全村老少笑逐颜开,山水文凤美丽乡村,让人感受到脱贫攻坚、乡村振兴给群众带来了实实在在的获得感。

张博(重庆市人民检察院政治部宣传室干警)

第三次到后坪,又一次刷新了我的记忆。扶贫干部的风尘仆仆、脱贫户的笑语盈盈，山区变景区、农田变公园、农房变客房、农民变股东，乡亲们日子越过越幸福！

哈银文（重庆市人民检察院政治部宣传室干警）

绿水青山映衬下，这个小山村承载的时代印记展现得淋漓尽致。特别是聆听了抗洪故事、苗寨党课后，我对"苗家山寨、检察情深""幸福都是奋斗出来的"有了全新解读，唯有努力工作，用镜头去记录云上苗寨的岁月静好。

曹渝东（重庆市人民检察院政治部宣传室干警）

四上后坪，每次来都能感受到新变化。大山莽莽，公路蜿蜒，一条新修的柏油路缩短了我们与后坪的距离。农文旅融合发展，让游客们驻足往返。武隆后坪，非来不可。

李扬（重庆市人民检察院政治部干训室调研员）

从每一位扶贫工作队员的身上，看到了"敢叫日月换新天"的担当精神，"不破楼兰终不还"的攻坚精神，"俯首甘为孺子牛"的奉献精神，正是这份担当与奉献，书写出脱贫攻坚的壮美华章。

刘静（重庆市人民检察院政治部干训室干警）

不论是82岁唱山歌的老人，还是"苗寨小课堂"上4岁的小朋友，都让我真切地感受到文凤村村民的日子是甜的。扎根、坚守，面对一个个硬骨头毫不退缩，兢兢业业、默默奉献，这种精神将激励我用心做好工作。

雷丙杰（重庆市人民检察院机关党委办公室干警）

文凤村悄然发生着可喜的变化——新的"阵地"建好，村干部们搬入"新家";苏维埃政府史馆落成,红色旅游升级上档;苗寨长桌宴让人忍不住"消费",跳动的篝火焰把坝坝舞映衬得格外欢畅……文凤村来的这一群知名"文人",更让苗寨看到了"诗和远方"。这次"党建调研+消费扶贫+乡村采风"活动,既是一次寻觅乡情的文化之旅,又是一次锤炼党性的感恩教育。

曾轶(重庆市人民检察院机关党委办公室干警)

那天"苗寨小课堂"场面很感人,来了七八十名中小学生,还有带着孙子孙女前来听课的老人,一位老大娘,拄着双拐上二楼、走进会议室……"苗家山寨,检察情深",看到村民们洋溢着的幸福,看到孩子们阳光般的微笑,那一刻我才明白,这就是给我们扶贫人最大的肯定!

樊泽洋(重庆市人民检察院机关党委办公室干警)

参加这样的主题党日活动,充满感动。作为一名帮扶战线上的"新兵",这里的每一位扶贫干部,都激励着我不断努力学习、增强本领。我要多往深度贫困乡走,多去了解基层群众的心声,帮助他们解决实际问题;作为一名入党积极分子,我要认认真真地把每一件扶贫的事情干好,在扶贫工作中提升自己的思想和本领。

李盼盼(重庆市人民检察院机关党委办公室干警)

再次来到文凤村,又有了不一样的感触。在走访中,感受到了扶贫工作给村民生活带来了巨大的变化;在与孩子们的交流中,感到教育对山区孩子的重要性,关乎他们今后的人生,关乎未来农村的发展。关心农村发展,投身脱贫攻坚、乡村振兴,我们有义不容辞的责任。

唐雨婷(重庆市人民检察院机关党委办公室实习生)

作为一名扶贫岗位的实习生,被检察干警们对扶贫工作不计回报的付出和村民们的热情招呼感动着。这次非常有意义的活动,让我有了更强的责任感、使命感。今后无论身处何方,我都希望自己能为扶贫贡献力量。

陈文(重庆市人民检察院第一分院机关党委办公室主任)

小雨渐沥的时分,一次在泥泞中曲折前行,一次在氤氲中蜿蜒直上,到这鳞次栉比的风情苗寨中,感受扶贫人的决心与毅力,沐浴在透过云雾洒落高山的暖阳中,温暖如扶贫的温度!

龙银生(重庆市人民检察院第一分院机关党委办公室干警)

春分时节,踏雨而来,拨开高山的云雾,迎来朝霞和暖日,伫立在这处处透出新风新貌的天池苗寨,来往乡亲的满面笑颜直触我内心,扶贫路虽难,但我们必须一步一步走实、走好!

向洪(重庆市人民检察院第三分院机关党委副书记)

昔日文风穷苗寨,三年巨变成仙境,这就是实实在在的真扶贫、扶真贫!我们对标脱贫攻坚要求,用心用情深化脱贫攻坚帮扶工作,让乡亲们的日子越过越红火。

陈文麒(重庆市人民检察院第三分院事务保障部干警)

苗寨风光秀美,民风淳朴,帮扶项目施策精准,执行得力,苗寨的明天必将更加美好,村民今后的日子一定越来越红火!

高怀华(重庆市人民检察院第五分院机关党委办公室调研员)

政法系统统一组织的服务脱贫攻坚党建活动有力推动苗寨乡村旅游,不仅让机关干部增强党性,还带动村民观念转变、思维更新、视野开阔,促进扶贫与扶智扶志有机结合。同时,扶贫工作热火朝天,有强烈的攻城拔寨、决战决胜的现场感! 村民群众干劲十足,爽朗的笑声中充满了获得感、幸福感!

罗益(重庆市武隆区人民检察院政治部副主任)

市检察扶贫集团率先深入贫困村贫困户和农村基层党组织开展党建活动,助力武隆区后坪乡打赢脱贫攻坚战,体现了检察机关抓实党建、服务大局的检察担当! 为市检察扶贫集团点赞!

刘金华(重庆市渝北区人民检察院党组成员、政治部主任)

2019年9月,渝北区检察院组织60余名干警前往市检察院扶贫集团对口帮扶的武隆区后坪乡文凤村开展工会消费扶贫活动。一进入该村,干警们仿佛置身于一幅美丽的乡村画卷,深深感受到了文凤村在精准扶贫、精准脱贫过程中发生的巨大变化。群众在与我们的交谈中,禁不住地夸赞党的政策好,检察院好,真诚感谢市检察院扶贫集团,让地处偏远的他们在最短的时间内村容村貌焕然一新,并带领大家走上发家致富的道路!

夏晓斌(重庆市两江地区人民检察院党组成员、政治部主任)

"村民富不富,关键看支部;村子强不强,要看'领头羊'。"这是对文凤村第一书记邱靖杰的印象。看到乡村干部忙碌的身影,见到风景如画的文凤村,奔向小康的乡亲们,无不激励着自己,学习他们坚韧不拔的精神,把工作热情激发出来,立足本职岗位,为两江地区检察院高质量发展贡献个人智慧和力量!

李柏阳(重庆市永川区人民检察院干警)

苗王山上风景如画,天池苗寨游客如织。扶贫干警把落后乡村变成网红打卡点,村民的土房子变身摇钱树,足不出村就可以在家挣钱,真棒!

马琴镕(重庆市秀山县人民检察院干警)

第一次来文凤,即感受到"精准扶贫、精准脱贫"的成效,看到"文惠苗乡法润古寨"的美好画卷,让人寻觅到"心安此时"的良药。

张培森(重庆市合川区人民检察院干警)

村民群众一见到身着检察制服的干警们,就热情地欢迎我们到屋里做客。一聊起检察人在后坪乡的扶贫工作,纷纷竖起了大拇指,这一幕见证着扶贫干部和当地村民结下的深厚感情。

赵海含(重庆市垫江县人民检察院干警)

后坪一行,捕捉到了很多美好的瞬间,有乡亲们的勤劳热情,有孩子们的活泼好学,也有扶贫干警们汗流浃背也不停歇的身影……因为这份感动,我有了更强的使命感。

王梓又(重庆市铜梁区人民检察院干警)

第一次探访大山深处的脱贫村寨,第一次聆听检察扶贫故事,第一次与摄影大伽、书法大家开展文化扶贫,第一次用摄影技巧与这么多村民沟通,这次活动太有意义啦。

代宛珈(重庆市渝中区人民检察院干警)

再见后坪,柏油大路宽又阔,游客成群赏景忙,美景更胜从前,电商带货好不热闹,感叹于后坪日新月异发展的同时,更想为扶贫干部点赞。

驻村心语

◆ 2021年1月5日,重庆市检察院举行"一片初心向阳开"脱贫攻坚故事会。时任重庆市扶贫办主任刘贵忠认为,8位驻村第一书记的深情讲述,展示了重庆检察人落实"精准扶贫、精准脱贫"要求的实际行动,是全市检察机关服务打赢脱贫攻坚战的缩影。特别是打造了"法治扶贫工作室""莎姐工作站""苗寨小课堂"、法治广场等靓丽名片,为全市攻克深度贫困、打赢脱贫攻坚战贡献了力量。 (江泳/摄)

刘千武(重庆市人民检察院第一分院选派驻市委政法委扶贫集团后坪乡工作队队长)

回想起那些翻山越岭、走村串户、访贫问苦、院坝宣讲、争取项目、化解矛盾、结对帮扶的日子,满是温暖和感动。作为一名扶贫工作队队长,有幸参与、亲历、见证脱贫攻坚一线,我深感党的坚强领导的决定性作用,充分展示了社会主义制度的无比优越性。后坪乡的脱贫攻坚战只是全国脱贫攻坚战的缩影,我也只是万千扶贫人中的一粒沙石,回过头来看我们每一名队员都担当起了学习员、指导员、协调员、宣传员、战斗员的光荣职责。

临行之际,我为伟大的脱贫攻坚政策感动,为一线干部的脱贫攻坚精神感动,为后坪乡翻天覆地的变化感动,为乡亲们奔上小康感动,更为乡村振兴的美好明天感动!

邱靖杰(重庆市人民检察院第三分院选派驻武隆区后坪乡文凤村第一书记)

脱贫攻坚以前,文凤村还是武隆人心中的"西藏"。深度贫困地区的脱贫攻坚,让文凤村迎来了千载难逢的发展机遇。我永远忘不了重庆市检察院捐赠500万,永远忘不了贺恒扬检察长三上苗乡,永远忘不了最高人民检察院领导来开现场会……还有《人民日报》的《家住寨上》。如今的文凤村,苗王山下,红色旅游、田园风光、高山风情,一幅乡村画卷,在微风细雨中舒展开来。回首来路,党建引领是"金钥匙"、精准帮扶是"硬功夫",绿色发展是"致富路",志智双扶是"原动能",凝聚合力是"强保障"。

叶新灿(重庆市武隆区人民检察院选派驻后坪乡文凤村干部)

两年多的驻村经历,是我人生成长最快的日子。从思想飘浮到脚踏实地,从眼高手低到真抓实干,我的思想、灵魂都得以升华。感恩组织给我机会下村锻炼,感恩锻炼途中遇到的那些人那些事。我更感慨,全面建成小康社会,实现中华民族伟大复兴不是梦,是党中央的高瞻远瞩,是人民群众吃苦耐劳、辛勤耕耘一定能实现的。脱贫攻坚只是开始,乡村振兴正在路上,未来很美好,值得我们持之以恒为之奋斗。

韦永华(重庆市人民检察院选派驻荣昌区铜鼓镇刘骥村第一书记)

从"橄榄绿"到"检察蓝",那种"雄赳赳、气昂昂"的军人本色始终激励着我。三年扶贫下来,我有幸见证刘骥村"鱼肥水美飘椒香、人勤路畅客来往",见证铜鼓山天泉寨成为重庆市第一批传统村落,见证刘骥村党支部和驻村工作队双双荣获重庆市脱贫攻坚工作先进集体,作为一个脱下军装有着24年军旅生涯的检察人,一个不再年轻的共产党员,一个在脱贫攻坚前线再次焕发青春的"扶贫"战士,我要向英雄前辈行一个庄严的军礼,告诉他们这世界已如他们所愿。

刘益(重庆市人民检察院选派驻荣昌区盘龙镇禾苗村第一书记)

驻村帮扶不仅是一项工作,更是一份厚重的责任。驻村两年来,我们因地制宜,以集体经济为抓手,发展了800亩花椒种植、建好了年产量4000头的生猪养殖厂,集体年收益也从零元增长到24万元,实现了从无到有的华丽蜕变,彻底摘掉了"空壳村"的帽子。我也从一个门外汉成长为一个受群众欢迎的第一书记。感谢组织给予到基层学习的机会,今后我将把脱贫攻坚的精神继续发扬光大,在检察履职中努力担当作为!

马庆海(重庆市人民检察院第一分院选派驻大足区宝顶镇铁马村第一书记)

"张家缺粮李家缺瓦,外地姑娘看不起村里的娃。"铁马村,已经是"旧房换新装,种李又养羊,户户奔小康!"两年多来,扶贫的真切感受就是"有苦有乐更有甜,铁马旧貌换新颜"。如今,"铁马"真的奔跑起来了,带着乡亲们在全面小康的大道上驰骋。我相信"铁马"还会腾飞起来,载着乡亲们在乡村振兴的天空中翱翔!感谢组织和乡亲们给了我"全国脱贫攻坚先进个人"这么崇高的荣誉!

廖从伟(重庆市人民检察院第五分院选派驻巴南区二圣镇幸福村第一书记)

幸福村的夜,很静——抬望墨如壁,四下寂落尘。山外有银河,不渡夜归人。想到村民的户口终于有了着落，想到年过七旬的老人露出了微笑，我思绪万千，脱贫攻坚、乡村振兴不就是我们的初心和使命吗？"小康路上一个都不能掉队"是我们的承诺。如果有机会，我还想继续在村里干，努力干得更好！让幸福村变得更幸福！

喻磊（重庆市酉阳县人民检察院选派驻木叶乡大板营村第一书记）

"养儿养女不用教，酉秀黔彭走一遭"，四年多来，我用双脚丈量大板营的每一块土地，一幕幕难忘的瞬间，见证了伟大的脱贫攻坚。"共产党好、习主席好、党委政府好"，不用再蹲茅坑的老吴是逢人便讲。有幸两度被评为全市脱贫攻坚先进个人，这是荣誉，更是责任。无悔四年扶贫人生，展望未来乡村振兴，我愿听从党和人民的召唤，继续前行！

秦叙万（重庆市石柱县人民检察院选派驻金竹乡驻村干部）

我是农民的儿子，我和儿子很荣幸并肩奋战在脱贫攻坚，奔向全面小康的这场伟大的事业中，奉献自己的一份力量。回想吃在村、住在村、干在村三年多的日子，帮助村民养蜜蜂、种玉米、栽洋芋，还帮助酒鬼戒酒、帮懒人树立志气……这是很宝贵的经历，是我们一生的荣耀，一生的自豪。伟大的脱贫攻坚精神照亮我们的人生，尤其是对儿子，将伴他远行。

秦领（重庆市石柱县人民检察院选派驻金竹乡建设村第一书记）

在我最难的时候，还有两年即将退休的父亲，也主动向院党组请缨，来到金竹乡驻村扶贫，和我并肩战斗。一千多个日夜过去了，我和父亲坚守在扶贫一线，尽己所能、无怨无悔。感激我的父亲，时时刻刻鼓舞我前行！那天，在初心广场上，我和父亲一起举起右手宣誓！想到习总书记在这里的殷殷嘱托，乡亲们脱贫后的喜悦，父亲爬冰卧雪的伛偻背影……我流下了热泪。我深知,誓言只有化为实实在在的行动,才无愧于这样的誓言!

罗涌(重庆市石柱县人民检察院选派驻沿溪镇清明村第一书记)

解决"两不愁三保障"突出问题是武陵山集中连片特困地区扶贫的重要任务。驻村扶贫三年,我见证了乡村干部们如何像木匠的钉子和石匠的楔子,把扶贫政策一村一户,钉下去,锥下去。扶贫是锤炼人性人格的大熔炉,是初心和使命的大学校。一大批年轻人,经受了痛苦磨炼,在扶贫的洗礼中成长成熟。脱贫攻坚战,再一次激荡出中国精神与中国力量,记录了一个曾经衰弱的中国如何从物质到精神再度走向强盛的诗篇。

何道勇(重庆市开州区人民检察院选派驻大德镇仁和村第一书记)

仁和村已经旧貌换新颜,村民谢家干做梦都没想到日子会变得这么好。寒冷的冬天,村民送来柴火,点亮了黑夜! 那一刻,我的眼眶湿润了——做群众贴心人,扛好乡村之柴,点燃振兴之火,让群众过上"暖日子",就是我们义不容辞的责任。

姜彪(重庆市奉节县人民检察院选派驻石岗乡明水村第一书记)

"朝辞白帝彩云间,千里江陵一日还。"这已经不再是李白的浪漫想象,而早已成为了现实。回想和村干部一起,挨家挨户讲政策、做工作的那些日子,我为自己能参与到这项伟大的工作感到自豪。如今"明水村花椒"已经闻名乡里,未来可期。我将继续发扬前辈们艰苦奋斗、勤恳为民的务实作风,扎根一线,为巩固脱贫成效、实现乡村振兴贡献力量。

张浩（重庆市武隆区人民检察院选派驻土地乡沿河村第一书记）

回首驻村扶贫的两年多时间，我深刻记得进村时是个阴雨绵绵的"冬天"，离开时是个阳光明媚的"春天"。我忘不了入户走访爬山涉水的两个小时，忘不了暴雨中排洪的整个夜晚，忘不了产业发展宣讲会的苦口婆心……这是"第一书记"肩上厚重的责任，再多的苦累也值得，因为后来我欣慰地看到了陈大爷健康出院后的精神抖擞，看到了群众住上新房时的喜笑颜开，看到了村民手里攥着产业分红的欢欣鼓舞……看到了沿河村欣欣向荣的明天。

周时学（重庆市荣昌区人民检察院选派驻古昌镇大青杠村第一书记）

这两年的扶贫工作，我和全体干部群众一起奋斗，实现了村里一年一个新变化、年年都上新台阶，让大青杠村这个区级"落后村"在日积月累中悄然"蝶变"，由"垫底户"变成了"排头兵"。我们检察机关的扶贫干部用心、用情、用务实的举措，努力为巩固脱贫攻坚、实现乡村振兴贡献力量。

后记

　　山区贫困群众渴望"两不愁""三保障",更有着对丰富文化生活的美好向往。2017年7月以来,根据重庆市委政法委扶贫集团的部署要求,重庆市检察机关注重党建引领、精准帮扶,邀请知名文艺家参与"汇聚党员力量、服务脱贫攻坚"主题党建活动,凝聚起了志智双扶的感召力量,提振了乡亲们脱贫致富奔小康的精气神。

　　"咔嚓,咔嚓"——这是摁下快门的声音。中国摄影家协会会员、重庆市摄影家协会张华和摄友们来到文凤村,他们走苗寨、到田间、进学校、访农家,创作摄影作品百余幅,第一次向世人展示了美不胜收的"云上苗寨、幸福后坪"。

　　"短短几年,一个深度贫困的地方变成了全国乡村旅游重点村、重庆十大美丽村庄,确实下足了功夫。"中国作家协会会员、重庆市散文学会会长刘建春这样感慨。他和作家们深入民宿、农家乐、小面馆、榨油坊采访,与乡村干部、扶贫书记、村民、党员干警摆谈交流,还第一次把散文学会创作基地的牌子挂在了村里。

　　夜色清朗,楼寨传出"哧哧哧"的裁纸声,重庆市书法家协会副秘书长、"山城七友"书法家石珺和书友们正紧张创作着,一幅幅作品挥毫而就,清词丽句,妙笔生花。翌日清早,慕名而来的孩子们、电商馆"苗姐"、农家乐老板们排着队等着……

　　"诗人们,来啊,来我们自己的鸟巢,离天空最近,离泥土最近,能给你翅膀,给你根……"年逾七旬的著名诗人、鲁迅文学奖获得者、重庆新诗学会会长傅天琳,赶在立春前一天,把重庆新诗学会创作基地的牌子挂在了天池苗寨,让文凤村充满了诗和远方。

摄影家说:"文凤村,满眼都是风光,每一次来都有新风景,不抓住就是一种遗憾。"

作家们说:"文凤村的蝶变,就是伟大的脱贫攻坚在巴渝大地的生动实践。"

书法家说:"文凤村,有一种超乎寻常的美,写出的字浸润着乡村魅力。"

诗人们说:"文凤村,是一种向上的风光,更是一种信仰、一种力量、一种梦想。"

不少检察人,也拿起笔、背起镜头参与到记录中来。

一篇篇纪实散文、报告文学、诗歌,一幅幅摄影作品、书法作品,让云上苗乡的画卷徐徐展开——秀美的青山绿水、古朴的苗亭楼阁、红色的革命历史、独特的非遗民俗、勤劳的苗寨人家、感人的扶贫精神……

我们为乡亲们摆脱贫困感动,为扶贫干部战天斗地感动,为孩子们幸福成长感动,为艺术家们的公益情怀感动——我们忘不了曾世洪、潘学周、刘远银老人的动听山歌,忘不了何祖华、黄世周、张辉珍的感动泪水,忘不了成员单位、市水务资产公司的合力攻坚,忘不了刘千武、邱靖杰、叶新灿的默默坚守,忘不了党员干警在一品乐电商馆里的倾情消费,忘不了糜建国等众多爱心人士的善心善举,忘不了喜悦楼、谢氏烧烤、苗家酸汤鱼那些餐饮业致富带头人的灿烂笑容,忘不了后坪小学、苗寨"小课堂"和放学路上孩子们的幸福笑脸……

小康路上千户红,法治村中万象新。美丽的云上苗乡正飞越崇山峻岭,成为向重庆、向中国乃至向世界展示脱贫攻坚成效的一个窗口。

在庆祝中国共产党成立100周年之际,编印《云上苗乡》一书,就是为了记录文凤村发展变迁的点点滴滴。2021年4月15日,重庆市脱贫攻坚总结表彰会上,重庆市人民检察院机关党委、市检察院第一分院刘千武所驻市委政法委扶贫集团后坪乡工作队被表彰为全市脱贫攻坚先进集体,市检察院第三分院选派驻文凤村第一书记邱靖杰被表彰为全市脱贫攻坚先进个人,这是对帮扶文凤村打赢脱贫攻坚战的褒奖。同时,重庆市检察系统还有多名扶贫干部被表彰,特别是市检察院第一分院选派驻大足区宝顶镇铁马村第一书记马庆海获评全国脱贫攻坚先进个人,更是激励我们在乡村振兴中砥砺初心、接续奋斗。

最后,感谢重庆市委政法委、重庆市扶贫办、重庆市文旅委、重庆市武隆区委区政府及后坪乡、文凤村对此书出版的大力支持。感谢重庆市散文学会郑劲松、吴沛、常克、邹安超等的指导。感谢书法家张家益题写书名。本次编印任务由重庆市人民检察院机关党委办公室牵头,联合办公室、政治部综合室、政治部宣传室、事务保障部、业务保障部等部门,以及市检察院一分院、三分院、五分院、武隆区检察院通力配合完成,特别是陈伦双、刘少谷、李立峰、满宁、雷丙杰、曾轶、李盼盼、樊泽洋、江泳等同志做了大量细致的工作,在此一并致谢。

因时间、水平所限,难免有不足和纰漏之处,请予谅解。

编 者

2021年5月10日